De helaasheid der dingen

Van Dimitri Verhulst verscheen bij Contact:

De kamer hiernaast (1999)
Niets, niemand en redelijk stil (2000)
Liefde, tenzij anders vermeld (2001)
De verveling van de keeper (2002)
Problemski Hotel (2003)
Dinsdagland. Schetsen van België (2004)
De helaasheid der dingen (2006)
Mevrouw Verona daalt de heuvel af (2006)

Dimitri Verhulst

De helaasheid der dingen

2007
Uitgeverij Contact
Amsterdam/Antwerpen

Dit boek is mede tot stand gekomen met de steun van het Vlaams Fonds voor de Letteren.

Vlaams Fonds voor de Letteren

Eerste druk januari 2006
Twintigste druk maart 2007

Omslagontwerp Suzan Beijer
Foto omslag Goos Bronkhorst
Foto auteur Nathalie De Clercq
Typografie Arjen Oosterbaan
ISBN 978 90 254 2773 3

NUR 301

www.uitgeverijcontact.nl

‘Het verbaasde me dat je daaraan je leven kon wijden, de wereld nabootsen en daar niet helemaal in slagen, en wanneer je er wel in slaagt voeg je slechts het vergankelijke aan het vergankelijke toe, dat wat je niet kunt krijgen aan dat wat je niet hebt.’
Pierre Michon, *Meesters en knechten*

‘Waarom droom ik nu niet meer over mijn moeder? Misschien omdat ik te veel over haar geschreven heb, ik heb zelfs haar mooie profiel verspreid op de omslag van een boek, en ik heb haar aanwezigheid bezworen zonder ook maar iets te willen bezweren. Mij viel mijn moeder niet lastig, ik heb haar zelf opgeroepen door zoveel over haar te schrijven, maar ik vermoed dat ik uiteindelijk een literair personage heb geschapen, complex, artistiek, ingewikkeld, en daarmee is me de echte moeder ontvallen, de dode moeder. Ik ben de wees van een dode moeder omdat ik teveel over haar geschreven heb.’
Francisco Umbral, *Een wezen van verten*

Voor Windop. En ter nagedachtenis van mijn grootmoeder, die zich de schaamte wou besparen en stierf terwijl ik de laatste bladzijden van het manuscript voltooide.

De eventuele gelijkenis van bepaalde personages in dit boek met bestaande personen berust op louter mensenkennis.

Inhoud

Een schoon kind 9

De vijver der gezonken babylijkjes 30

De Ronde van Frankrijk 42

Alleen de allenen 71

Het nieuwe liefje van mijn pa 89

Iets over mijn moeder, mevrouw? 101

De pelgrim 108

De verzamelaar 118

De genezene 146

De opvolging is verzekerd 165

Voer voor etnologen 177

Een nonkel voor dat kind 194

Een schoon kind

De vermeende terugkeer van tante Rosie naar Reetveerdegem werd als een aangename schok ervaren in de levens van onze volstrekt nutteloze mannen, waarvan ik er op dat ogenblik een in wording was. De dag brak open met haar naam, Rosie!, Rosie!, die hoop bracht. Want iemand was weergekeerd! Iemand die hier geboren was en dit oord verlaten had was weergekeerd! Tante Rosie nog wel. Haar terugkeer werd als een oudtestamentisch teken geïnterpreteerd, een bewijs dat Reetveerdegem nog zo slecht niet was, en wij niet eens zo waardeloos als wiskundig was bewezen.

Het is waar dat mijn tante Rosie een zeldzaam mooie vrouw was en dat het veel prestige opleverde met haar naar bed te zijn geweest. Op het toppunt van haar schoonheid liet mijn grootvader zich gewillig trakteren door jonge, dappere kerels die zich in zijn gratie zopen (hij had geen greintje respect voor mannen die niet konden drinken) en die hem uitdaagden in drinkduels met als inzet het aanzien van de ideale schoonzoon. Toen had de kanker zich al volledig in zijn liniaal van een lichaam uitgezaaid, zijn fenomenale dranksessies moest hij steeds vaker onderbreken om bloed te gaan spuwen boven de wc, het uiteindelijke huwelijk van zijn bewonderde dochter heeft hij niet meer mogen meemaken. Vijf vadem, dat schijnt de diepte te zijn waarin ook de dronkaards worden neergelaten in de goedertieren aarde. Tot zij in een bejaardentehuis zou wegkwijnen beschouwde mijn grootmoeder het als haar weduwse plicht wekelijks zijn graf van pekzwarte marmer op te blinken. Tante Rosie heeft zich na de begrafenis van haar vader, Onze Opperdrinker, geschonken aan een man zonder geschiedenis, en is zich met hem in de verre hoofdstad gaan vestigen, tot diepe droefenis van onze jonge mannen die nu lelijker vrouwen ongelukkig te maken hadden. Het trof ons dorp voor de zoveelste maal dat alles van schoonheid er wegging of kapot moest.

Met Reetveerdegem wou tante Rosie steeds minder te maken hebben; dat zij zich er met de hulp van een man (van wie wij nauwelijks de naam, laat staan zijn drankcapaciteiten kenden) van had losgerukt, moet op haar een indruk hebben gemaakt als was ze aan de dood ontsnapt. Tijdens zeldzame telefoongesprekken had ze het over de vergaarde rijkdommen, de heraanleg van haar dakterras, de genoegdoeningen van een sauna, het bruisen van de stad. De prentbriefkaarten waarmee zij 's zomers haar banden met het thuisfront onderhield brachten haar fantasieloze zonnige groeten over uit verre bestemmingen die we vertikten op te zoeken in de atlas. En tijdens haar nog zeldzamere bezoeken smeekten we haar man of hij zijn peperdure wagen alstublieft niet voor onze deur zou parkeren. Wij waren arm, altijd geweest, maar droegen onze armoe met trots. Dat er iemand zijn luxueuze auto voor onze deur plaatste ervoeren wij als een vernedering, en we schaamden ons bij de gedachte dat iemand van het dorp zou hebben gezien dat een Verhulst het financieel behoorlijk stelde.

Kijk. Mijn eerste levensjaren bracht ik met mijn ouders door in de Kantonstraat, in een minuscuul steegbeluikje met een gemeenschappelijke waterpomp en een communistisch toilet, een gat in een plank, linea recta boven de beerput. De muren van de woonkamer waren aan de binnenkant drijfnat en in het vermolmde hout van het raamkozijn frommelden we proppen krantenpapier tegen de tocht. Mijn vader sprak steeds met fierheid over de ongemakken van onze woonst, het getuigde van weinig mannelijkheid makkelijk te willen leven, en toen wij uiteindelijk verhuisden naar de Merestraat was dat uitsluitend omdat wij ons daar konden verslechteren. Ook daar was het toilet een gat in een plank en lekte bovendien, een plus, het dak. Onze keukenvloer werd ingenomen door emmers die de druppels van het plafond opvingen. Aangenaam waren de avonden waarop wij samen in de zetel luisterden naar de ronde klank van het geplons in de emmers en wij de xylofoonmuziekjes raadden die ons door het kapotte dak werden voorgespeeld. De schaaltjes met rattenvergif werden dagelijks bijgevuld; meer dan wij de indruk hadden deze nesten ongedierte uit te moorden kregen wij het gevoel uitstekend voor deze beestjes te zorgen. En de levensgevaarlijke rotte en met paddenstoelen overgroeide trap boven het keldergat werd gekoesterd als architectuur van het proletariaat. Mijn vader was een socialist en stelde alles in het werk om als dusdanig te worden erkend. Bezit schakelde hij gelijk aan extra afstofwerk. Bezit bezat jou, nooit omgekeerd. Dreigden wij door onvoorziene spaarzaamheid het einde van de maand te halen met een financieel overschot, dan haalde hij de bankrekening leeg en zoop hij zijn volledige loon erdoor om ons te beschermen tegen de verleidingen van het kapitalisme. Mijn moeder ontpopte zich helaas zichtbaarder als een bourgeoistrut, was te ijdel om versleten schoenen te dragen, en vroeg na tien jaar huwelijk de echtscheiding aan. Dat ze alle meubelen meenam betekende voor mijn vader het ultieme geluk. Eindelijk bezat hij niets meer, wijf noch ander meubilair, en hij trok weer bij zijn oude moeder in. Maar men begrijpt dat wij neerkeken op familieleden die hun schone wagen voor de deur parkeerden en ons op feestdagen bezochten in walgelijk dure kleren.

Onnavolgbaar was het ritme van de roddel dat tante Rosie, mirakel!, mirakel!, naar Reetveerdegem was weergekeerd, en in die dagen werd ik dan ook voortdurend aangeklampt door herboren mannen die wilden weten of de dronken monden van het dorp de waarheid spraken. Het was zeker waar: tante Rosie was ook tot onze eigen verbazing weergekeerd, vroeg met hangende pootjes en blauw geslagen ogen of ze voor een tijdje samen met haar dochter bij ons haar intrek mocht nemen.

Bij ons, dat was bij mijn grootmoeder. Vier van haar vijf zonen, onder wie dus mijn vader, hadden een zootje gemaakt van hun liefdesleven en waren weer bij hun moeder ingetrokken. Omdat mijn moeder behalve mijn vader ook mij niet langer hebben moest, ontfermde mijn grootmoeder zich over mij en bracht ik samen met mijn vader en drie nonkels de lusteloze dagen door. Nu zouden daar dus nog mijn tante Rosie en mijn nichtje Sylvie bij komen, op de vlucht voor een vent die hun leven teisterde met overspel en agressie.

Veel had ik mijn Brusselse nichtje nog niet gezien, tenzij dan sporadisch op nieuwjaarsdagen en begrafenissen, waarbij wij elkaar wijselijk negeerden omdat we aanvoelden elk uit een andere wereld te komen. Ik geloof dat ze pianospeelde en aan ballet deed in roze tutu's. Zij was een kind dat zorgvuldig bijhield hoeveel calorieën ze per dag zoal naar binnen speelde en kerstmannen met grotere bankrekeningen op bezoek kreeg. De universiteit lag als een zekerheid op haar te wachten, en omdat ze de schoonheid van haar moeder had gekregen zou zij het zich weldra kunnen veroorloven mannen hun tijd te laten verspillen met de aan haar gerichte hofmakerij, en daarvan genieten. Iets jonger dan ik was ze, maar door haar zelfverzekerde indruk durfde ik dat leeftijdsverschil op geen enkel vlak uit te spelen. Tevreden was ik niet met haar komst. Ik had het prima in ons mannenbastion en beschouwde haar als een stoorzender. Sylvies keurige opvoeding speelde ons parten, we voelden ons door haar blik betrapt op onze miezerigheid.

Mijn vader zat altijd met de deur wagenwijd open te schijten. Zijn humus stonk buitenaards naar jarige kaas en vaak stond hij in zijn blote klokken in de gang, op twee meter van de pot, zodat ik niet kon doen alsof ik hem niet hoorde, en riep hij me hem een nieuwe rol toiletpapier of het andere stuk van de krant te bezorgen. Jaren was het zo gegaan, en het systeem werkte uitstekend: mijn vader kreeg zijn rol toiletpapier en zijn stuk krant altijd meteen. Maar nu Sylvie erop keek, leken wij ons opeens te willen verontschuldigen voor onszelf. We schaamden ons omdat we 's ochtends krabbend en schartend in onze onderbroek de trap afdaalden. We schaamden ons omdat we voor de televisie lagen te paffen met onze zweetvoeten op tafel. We schaamden ons om de kilo's rauw gehakt die we aten voor de goedkoop en het gemak, en omdat we met onze blote hand in dat gehakt grepen en het goedje zo in onze mond staken en doorspoelden met koude koffie die ergens nog in een mok van gisteren was blijven staan. We schaamden ons om de wormen die we van het gehakt kregen en waartegen wij niets ondernamen. We schaamden ons om onze scheten die we lieten als kapelmeesters, de boeren die we vrije doorgang lieten. We schaamden ons om onze vloeken om niets, om het schaamhaar dat we ruifden boven de plee, om onze teennagels die we manueel korter scheurden en die vervolgens maanden bleven liggen op de mat. We schaamden ons om de sigaretten waarmee we in slaap vielen in de zetel, onze nicotinebruine tanden, onze bierlucht. We schaamden ons om de sletjes die mijn grootmoeder onaangekondigd aantrof bij het ontbijt en aan wie ze steeds opnieuw de naam moest vragen. We schaamden ons om onze dronken gezangen, onze smerige taal, ons braaksel en de steeds frequentere bezoeken van politie en deurwaarder. We schaamden ons, maar we deden er niets aan.

Drie weken heeft het geduurd tot de man van tante Rosie, oncle Robert, aan onze deur stond en vroeg 'Is Rosie hier?', en wij zeiden 'Rosie? Neen, zou zij hier dan moeten zijn?', en hij zomaar breedgeschouderd ons huis binnenwandelde, tante Rosie bij haar haren naar buiten trok en haar in zijn wagen schopte. En dat mijn nichtje schreiend plaatsnam op de achterbank en tot een volgende begrafenis uit mijn leven verdween. Oncle Robert zouden we kapotmaken, dat was evident, het liefst heel traag en met een mes, en er werd gezworen dat diegene die het eerst van ons vernam dat hij kanker had deze eervolle taak op zich zou nemen. Want kanker kregen we allemaal, Onze Opperdrinker had het ons stijlvol voorgedaan, en de leeftijd van zestig halen werd beschouwd als het toppunt van kleinburgerlijkheid. Maar als we eerlijk waren moesten we toegeven opgelucht te zijn dat tante Rosie en nichtje Sylvie eindelijk het huis uit waren, hun aanwezigheid was ons iets té confronterend.

Een rotbestaan is heel overzichtelijk. Sylvie zag mijn vader en mijn nonkels 's middags aan de ontbijttafel verschijnen en zich, na het rituele roken van hun eerste sigaretten, op het gehakt en de blikken ansjovis storten om de kater van de vorige nacht te verdrijven. De vette olie waarin de ansjovis had gedreven droop van hun kinnen en werd afgeveegd met de mouw van een uitgerafelde pullover, als ze daar niet te lui voor waren. Daarna verdwenen zij het huis uit om vele uren later dronken weer te keren. Sommige mensen zouden dat een spiraal noemen, wij beschouwden het als een cyclus. Om zich voor haar vader te verschuilen was Sylvie drie weken lang niet naar school geweest en keek ze toe hoe ik aan de smerige keukentafel willoos studeerde en strafwerk schreef. Ondertussen las zij boeken die haar slimmer maakten, bespraakter, en die op termijn een nog grotere kloof zouden slaan tussen haar en de rest van de familie. In bed voelde ik haar bedenkingen, toen ze naast me klaarwakker en met de ogen naar het plafond gericht luisterde naar het gesnurk van mijn vader, die daar met zijn mond hemelsbreed open en met vaak nog zijn stinkende sokken aan een roes had uit te slapen. Of nonkel Potrel, die met zijn tanden knarste. Het kon niet anders of ze voelde walging voor onze kleren, die naast het bed op een hoop lagen tot grootmoeder ze in de was stopte. Ik weet niet wat ze erger vond, de bruine peuken in de asbak naast het bed, de zweetvlekken in de lakens, of de sokken van mijn vader. Ze zweeg. Liever had ik gehad dat ze me aansprak op onze levensstijl, van nicht tot neef. Maar ze zweeg en keek op ons neer.

'Kleine, zou jij met ons Sylvie eens niet gaan wandelen? Dat kind ziet bleek van hier al die tijd binnen te zitten.'

Wat moest ik doen met haar? Ze sprak niet tegen me en had me minachtend aangekeken toen ik met het topje van mijn balpen een klad oorsmeer uit mijn schedel schraapte. Misschien dat ze in Brussel oorwatjes gebruikten, maar wat dan nog. Ik vond dat ze zich wat dankbaarder mocht opstellen voor de gastvrijheid die ze genoot. Trouwens, in dit dorp viel er voor dat verwende nest niets te beleven. Ze zou wel de aandacht genieten van mijn voortdurend aan gestolen brommers sleutelende vrienden, maar daar zou tante Rosie niet om kunnen lachen. Mijn vrienden waren smeerlappen, en hoewel ik hen had kunnen afpersen door hun mijn nicht in bruikleen te geven, had ik net iets te veel eergevoel. Eens ik met dit zwijgzame en hautaine kind het huis verliet zou ik trots op haar zijn, mij over haar ontfermen. Niemand had het moeten riskeren commentaar te leveren op haar pedante maniertjes. Maar wat moest ik met haar aanvangen? Wandelen? Om dan onderweg aan elkaar te vragen wat we later wensten te bereiken in het leven? Welke hobby's we er zoal op nahielden? Hoe het was op school?

Het was mijn vaders voorstel geweest om Sylvie mee te nemen naar het café, zeer tegen de zin van tante Rosie. Maar tante Rosie zag ook dat de teint in het gezicht van haar kind naar de kleur van lijken neigde.

'Naar welk café ga je?' wou ze weten.

'Het Hoekske. Of De Volkskring. We zien wel.'

'Zit André daar?'

'Hoe kan ik nu weten of André daar zit? Beschik ik over een glazen bol misschien?'

'Ga je voorzichtig zijn? En niet te laat thuiskomen?'

'Sylvie, meisje, wat denk je? Heb je zin om met nonkel Pierre eens buiten te gaan?'

Het stoorde mij dat we plots allemaal deftig Nederlands probeerden te spreken tegen dat kind. Ook ik had er mij al aan bezondigd. Haar kop lokte dat op de ene of andere manier uit.

Sylvie knikte, en deed haar jas aan. Onze Kleine, ik dus, ging ook mee.

'Rosie, ga jij niet mee, jong? Ik ken er die gelukkig zullen zijn als ze jou nog eens zien. Het zal je goed doen, een beetje frisse lucht.'

Maar tante Rosie had geen zin. 'En gij, Potrel? Gaat gij mee?'

'Isaac Newton!' zei onze Potrel.

'Wablieft?'

'Isaac Newton, zeg ik u godverdomme.'

Potrel lag met zijn benen omhoog naar een quiz op de televisie te kijken.

'Ik moet u ontgoochelen, mevrouw Peeters, het juiste antwoord op deze vraag was Isaac Newton.'

'Amai, gij zijt precies nog zo stom niet als dat gij eruitziet.'

'Het is een heruitzending, sukkelaar. Wacht, ik ga mee een pint drinken.'

Er bestond geen specifieke reden waarom wij die avond voor café Het Hoekske kozen, want alle kroegen in ons dorp waren onderling inwisselbaar. De stoelen en de tafels waren er sober en goedkoop omdat ze toch maar werden stukgesmeten tijdens ruzies waarvan de oorzaak onmiddellijk werd vergeten en die nooit langer aansleepten dan één dronkenschap. Allemaal hadden ze een jukebox met plaatjes die geen mens nog draaide maar die wij beluisterden met tranen in onze ogen. Roy Orbison was de grootste muzikant aller tijden, ook van de tijden die nog komen moesten en die ons ongetwijfeld ongunstig zouden zijn. Niets was schoner dan jankend de laatste pint te drinken terwijl de cafébazin de glasscherven op haar vuilblik veegde en de jukebox Roy Orbison speelde. Om vervolgens de cafébazin om nog een pint te smeken, de laatste, echt de allerlaatste, dan gingen wij naar huis en mocht ze in alle rust haar deuren sluiten, die wij 's anderendaags weer als eerste zouden openen. De verschillen tussen die kroegen zaten hem in heel kleine details. De keuze van onze kroegen werd eigenlijk nog het vaakst bepaald door het aantal rekeningen dat we nog bij sommige cafébazen hadden openstaan, en waar we ons gezicht niet durfden te vertonen tot we links en rechts voldoende bij elkaar gesprokkeld hadden om onze drinkschulden te vereffenen. Van gans onze bende was mijn vader de enige met vast werk, bij de post, maar ook hij stond soms voor maanden arbeid in het krijt bij de bierbrouwers.

Café Het Hoekske werd uitgebaat door een vrouw die een tweeling dwergen had gebaard van een vader die kort na de geboorte spoorloos was verdwenen en sedertdien geen enkel teken van leven meer had gegeven. Een vrouw alleen met twee identieke, mismaakte dochters, en een nog lopende lening voor haar café waarin ze veel had geïnvesteerd. Drinken deed men in haar kroeg genoeg, die inkomsten waren alvast gegarandeerd. En toen de dwergen naar school moesten en dat geld opslokte, voorzag ze zich van een financieel extraatje met de middelen waarover vrouwen zomaar uit zichzelf beschikken. Maar de reputatie van de kroeg werd hierdoor stevig aangetast, en echtgenotes maakten vervelende scènes telkens wanneer hun man op wankele benen van Het Hoekske wederkeerde. De tweeling groeide op in de kroeg. Ze speelden met hun poppen onder de biljarttafel, hielden een winkeltje in bierviltjes en plastic groenten met de flipperkast als toonbank, en sleten hun speelgoedwaar aan de goedwillige klanten van hun moeder. Ze namen de harde taal over van de mannen die er elke avond zaten, zodat ze op de leeftijd van tien reeds vuilgebekte meiden waren met een voorraad zeer schunnige moppen waaruit zij grenzeloos konden putten om iedereen te vermaken. Op de leeftijd van twaalf, ze waren toen al gestopt met groeien, zaten die twee met een alcoholprobleem omdat zij er een gewoonte van hadden gemaakt om alle restjes in de glazen bier leeg te drinken, aanvankelijk om hun moeder te ontlasten van de vaat.

In die dagen had je in een belendend dorp een populaire kroeg, genaamd café De Bok. De uitbater ervan had een oude bok in zijn bezit die hij tegen stevige betaling uit de stal haalde en zware bieren liet drinken, tot groot jolijt van de klanten, die het van de pret bestierven wanneer de bezopen bok van zattigheid de stoelen omverliep en struikelend terugkeerde naar het zachte stro waarop hij zijn kater zou uitslapen. Het is aannemelijk dat de bazin van Het Hoekske hierin haar inspiratie vond. Feit is dat de twee dwergen op een bepaald ogenblik elkaar onder tafel probeerden te zuipen en dat er fenomenale bedragen werden ingezet op diegene die het langst overeind zou blijven.

Lang voordat wij met Sylvie naar het Het Hoekske gingen had de dwergentweeling al vernomen dat ze van bij hun geboorte aan een ziekte leden waarvan zij de moeilijke naam maar niet konden onthouden, en dat het zeer onwaarschijnlijk was dat ze de leeftijd van twintig zouden overschrijden. Totaal ontwricht door deze scherpe deadline en vastbesloten de verloren tijd te compenseren zopen ze nog meer dan ze al deden, waarbij het meer dan eens gebeurde dat ze compleet lazarus op een van de vele plakkerige tafels sprongen en hun rokken optilden voor hun dankbare publiek, dat zich met een combinatie van walging en fascinatie vergaapte aan een dwergenkut. Ik vroeg mij af of ik Sylvie moreel moest voorbereiden op mogelijke taferelen. Want iets zou ons ter vermaak worden voorgeschoteld. Onze levens hadden zekerheden, die luxe hadden wij.

De sfeer in het café was op het ogenblik dat wij binnenkwamen lamlendig en vertrouwd. Je kon er vergif op innemen dat er al de hele tijd aan de toog was geluld over misnoegde vrouwen, echtscheidingen, onderhoudsgeld. Onderwerpen die hier werden aangesneden zoals men het elders over het weer had. Twee mannen speelden een partijtje biljart maar liepen niet over van ambitie het spel te willen winnen, aan de kaarttafel bestudeerden vier oudjes aandachtig het lot dat ze in hun bevende handen hielden, en de overige aanwezigen bedronken zich geduldig naar dat niveau waarop geluk en ongeluk zich in elkaar vergissen.

'Geef iedereen iets van mij!'

Dat waren de woorden waarmee mijn vader altijd een kroeg betrad. De dwergen noteerden de bestelling en gaven ze door aan hun moeder, die zich op dat ogenblik door onze Potrel uitgebreid in haar achterwerk liet knijpen, ter begroeting. Ik zag Sylvie bedenkelijk kijken naar de handtastelijkheden van haar bloedeigen nonkel, en merkte hoe er zich eindelijk een beetje blos meester maakte van haar gezicht. Zij dronk een limonade light. 'Sugarfree,' zei ze. Ik werd in die dagen al gestaag voorbereid ooit de man te zijn zoals ze daar aan de toog hingen, en kreeg van mijn vader een mazout, de benaming die wij gaven aan een mengeling van bier en cola. Voor het pure bier vond hij me nog een tikkeltje te jong, maar in een jongen van mijn leeftijd die louter frisdrank dronk moest men toch ook ontgoocheld zijn.

'Ik zie dat ge een schoon mokkel hebt meegebracht, gasten, maar als de politie haar leeftijd achterhaalt zal er wat zwaaien.'

Dat was André, en hij keek met een meer dan normale blik naar Sylvie.

'Het is familie, André. Dat mokkel is ons Sylvie.'

'Sylvie? Is dat de dochter van jullie Rosie misschien?'

'Ja.'

'Verdomme, dat is een schoon kind!' en André liet zich van zijn barkruk glijden om mijn nicht een handdruk te geven, hetgeen hij bijzonder hoffelijk deed. Hij kuste de rug van haar hand, lachte innemend zijn zwarte, afgebrokkelde tanden bloot en richtte zich toen tot mij: 'Dimmetrieken, jongen, ik heb met u te doen; het moet verdomme bijzonder lastig zijn voor u om met uw poten van uw nicht te blijven.' Zijn adem stonk, maar dat verraste me geenszins, en ik was op de rotte walm uit zijn bek voorbereid. Er werd gelachen, en ik voelde hoe er ondanks de flauwiteit van die opmerking van mij werd verwacht André van een antwoord te voorzien. Maar ik zweeg en dronk mijn mazout leeg.

'We hebben wij in onze jonge tijd allemaal wel eens aan ons nicht geprutst, jong.' En omdat ik ook dan nog niets zei voegde hij eraan toe: 'Ge hebt gelijk dat ge zwijgt.' En daarmee was het tijd voor het volgende rondje. Onvermijdelijk werd tante Rosie nu het onderwerp van gesprek, iedereen had links en rechts al opgevangen dat zij opnieuw in Reetveerdegem was gesignaleerd, en nu wij hier met haar dochter zaten kon het niet anders of het moest wel waar zijn. Ons werden de kleren van het lijf gevraagd over het hoe en het waarom, maar we hielden de lippen stijf. Niet zonder plezier luisterden we naar de verschillende theorieën, de ene nog gekker dan de andere, maar steeds duidelijker werd dat alleen al het feit dat tante Rosie teruggekeerd kon zijn, in het dorp doodgewaande gevoelens weer had aangewakkerd. Omdat er uit onze mond toch geen zinnig woord over de hele kwestie te rapen viel keerde hun aandacht terug naar Sylvie, van wie André om de haverklap zei dat het een schoon kind was, het prille begin van een godin, en speurde men in haar perfecte gezicht naar trekken die ze van haar moeder had geërfd. Wat mij verbaasde was dat mijn nicht zich niet ongemakkelijk voelde bij de aandacht van deze ruwe mannen. Integendeel, ze leek zelfs een natuurlijke sympathie te voelen voor hen en moest lachen om alle opmerkingen van een steeds zattere André, die was beginnen drinken en trakteren aan een tempo dat op den duur alleen mijn vader en mijn nonkels nog volhielden.

'Ik zal u eens tonen hoe ik tegenwoordig moet schijten!' zei André tegen Sylvie in het bijzonder, en hij hief zijn slonzige hemd omhoog en toonde haar zijn harige buik vol littekens en knobbels. Zijn darmen zaten helemaal onder de kanker, en om zich te ontlasten beschikte hij over een schijtzak, waarmee hij enige tijd terug tot zijn grote verbazing op de operatietafel was ontwaakt. Hij moest nooit meer naar toilet, alles pruttelde gewoon in die zak die daar aan zijn bierbuik bengelde. 'Kijk!' En we keken. We keken hoe de stront in het zakje sijpelde. Gezapig, alsof die derrie ergens diep vanbinnen in een knijptube zat waar iemand nu zijn voet op zette. Natte, ongebonden stront met schuim erop. Alsof ze op de eerste rij zat bij de demonstratie van een wetenschappelijke proef keek mijn nicht geboeid naar de bruine drab in de schijtzak van André. Het nummertje werd dan ook speciaal voor haar opgevoerd. Iedereen wist dat André het niet meer zou uitzingen tot het kermis was, en wij bewonderden het gemak waarmee hij zijn fluimen in het gezicht van de dood spuwde. Hij zou sterven in grandeur, nog tijdens zijn laatste reutel zou hij feesten.

'Voilà,' zei hij, 'ik heb gedaan met schijten. Nu nog doorspoelen.' Hierop goot hij een pint bier ad fundum in zijn strot. 'Je hebt er geen idee van hoeveel ik mij per maand uitspaar aan wc-papier.' Het was galgenhumor die Sylvie wist te smaken en waarvoor zij cash betaalde met een rij hier nog nooit geziene witte tanden.

'Geef ons allemaal nog iets te drinken!'

Over het karakter van dwergen is al veel geschreven en gepalaverd en ik voel niet de behoefte om mij in dat debat te mengen, maar die avond gedroeg de tweeling lilliputters van Het Hoekske zich meer dan onhebbelijk. Ze konden er niet mee overweg dat een wildvreemde hier alle aandacht kreeg, geroemd werd om haar voorwereldlijke schoonheid. Natuurlijk, de dingen zijn oneerlijk verdeeld, zij waren gedrochtelijk en voorbestemd om jong te sterven. Niemand heeft zijn lichaam voor het kiezen. En daar kon mijn nicht uiteraard niets aan doen. Maar de dwergen stonden nijdig van jaloezie en speelden het spel smerig door iedereen erop te wijzen dat het wicht met het schattige snoetje misschien wel zat te lachen om onze grappen en deed alsof ze ons mocht, maar dat zij ons in haar hart verachtte. Je zag aan haar ogen dat ze neerkeek op ons, we moesten maar naar haar blouse kijken en ons afvragen hoeveel die had gekost. Of hadden we dan nog niet gemerkt dat ze truttig limonade zoop, limonade light bijgod, sugarfree bijgod, wat als bijzonder asociaal en afstandelijk mocht worden beschouwd. Dat schone kind, dat rook je zelfs, deed bovendien haar best zich boven haar eigen familie te plaatsen en deed er alles aan om geen Verhulst te zijn.

Dwergen sloeg je niet, dat wisten ze maar al te goed, niemand in ons dorp zou ooit een vinger naar die meisjes hebben uitgestoken, zelfs onze Potrel dacht er niet aan. Maar dit keer maakten ze misbruik van onze ethische codes en begonnen onze handen te jeuken. Wij konden zelfs elkaar soms verrot slaan, maar als het erop aankwam beschermden Verhulsten elkaar. Altijd. Overal.

Er viel een vervelende stilte in het café en iedereen wist dat het nu aan mijn nicht zou zijn om iets te ondernemen. Bewijzen dat ze een Verhulst was, dat ze behoorde tot onze clan, dat ze onze gebruiken ook tot de hare nam, dat ze een deel was van de stam. En dat ze hier niet als een soort rampentoerist zichzelf zat te vermaken, want pottenkijkers moesten ze hier niet.

En daarmee werd heel onze tafel geviseerd, die Hottentotten bespeelden Sylvie haar familie-eer, terwijl ze heel goed wisten dat zij inderdaad nauwelijks contact hield met ons. Bovendien droeg mijn nicht de naam van haar vader, en was zij op de keper beschouwd niet eens een Verhulst.

'Nonkel Pierre, krijg ik een pintje?'

Mijn vader had het wellicht eenvoudiger gevonden indien Sylvie het aan onze Potrel had gevraagd. Nu zat hij met het gewicht op zijn schouders en had vooral hij aan tante Rosie beloofd dat kind in ordentelijke staat weer thuis af te leveren.

'Je moet je niets aantrekken van die twee, Sylvie, laat je niet intimideren.'

Maar dat was geen antwoord op haar vraag, ze vroeg of ze een pintje kreeg.

Ze kreeg haar pintje. Het eerste in haar leven. Ze kon zelfs niet bevroeden wat de smaak van dat piskleurige spul kon zijn, maar zou er gezien de stank in onze slaapkamer waarschijnlijk geen al te hoge verwachtingen van hebben. Ze zette zich recht, theatraal en uitdagend, plaatste een hand in haar zij (wat ze had afgekeken van mijn vader, hij dronk altijd rechtstaand met een hand in zijn zij, omdat hij zo beter zijn hoofd naar achter kon gooien en zijn keel openzetten) en dronk de pils in één teug leeg. Toen ze het glas met een manhaftige smak tegen de tafel drukte, wat dan weer afgekeken was van onze Potrel, stonden er dikke tranen in haar ogen en gaf de stand van haar mond te denken dat ze net een hele zak zure snoep had opgeslokt. Vrijwel niemand kan bij zijn eerste slok bier geloven dat hij daar ooit nog vele liters van zal nuttigen, en ik ben er bijna zeker van dat Sylvie ons daar gek verklaarde die vuiligheid in grote hoeveelheden per dag naar binnen te kappen.

André was door het dolle heen, vond de avond al meer dan geslaagd. Maar Sylvie voelde zich uitgedaagd en had die uitdaging blijkbaar helemaal aanvaard, want ze zei meteen: 'Geef er mij nog een!' Er is die avond geen cola of limonade meer aangeraakt, door niemand. De dwergen zijn verongelijkt en als slechte verliezers naar hun kamer gegaan, maar hebben daar ongetwijfeld geen oog dichtgedaan. André ging van mijn nicht 'een echte' maken, en leerde haar een van onze liedjes waarvan ik mij vandaag afvraag of iemand er zich nog een volledige strofe van herinnert. Het waren liedjes, sommige vijftien coupletten lang, vol vadsige praat. Ze stonden bol van de schunnige woorden waarmee ons abecedarium tot aan de z was gevuld, en het beeld van mijn nog veel te jonge nicht die daar dronken op de biljarttafel liederen vol seksuele toespelingen zong, en dat in een dialect dat haar volledig misstond, vervulde ons met zoveel eenvoudige vreugde dat we er nog maar een op dronken. En allemaal zongen we de zoveel coupletten vol van ieder pervers lied dat André inzette.

Ook aan die avond is een eind gekomen. Op de lange weg naar huis ondersteunde ik mijn nicht, en mijn vader en nonkel Potrel elkaar. We zongen verder omdat we er ons niet bij konden neerleggen dat weer een feest verleden was, en vloekten naar de huismoeders die vanuit hun open slaapkamerramen riepen of we wel wisten hoe laat het was. We lieten een spoor van blaffende honden en omvergelopen vuilnisbakken na. En van urine, door onze Potrel vakkundig in een bloembak gemikt. Er was geen spar die het op alle toegangswegen naar een goed café langer dan twee jaar overleefde, omdat al onze mannen ertegen plasten. Sparren kunnen daar niet tegen.

'Ik moet ook pipi doen.'

Wij deden nooit pipi. Wij zeikten.

'Sylvie, meisje, kunt ge niet wachten tot thuis?'

Ze moest dringend. Niet dat het onze bekommernis was dat zij hier op straat haar broek moest laten zakken, op dit uur lagen de mensen die daarop iets zouden bemerken allang in hun nest. Het probleem was dat Sylvie geen enkele controle meer over haar lichaam had en zich al anderhalve kilometer door mij had laten voortslepen. Ze viel neer zodra ze op haar eigen benen stond, dus zouden we haar moeten helpen als we wensten dat ze haar schoenen en haar benen droog hield. Mijn vader vloekte, onze Potrel liet zich tegen een gevel vallen, omdat hij niet meer bijkwam van het lachen.

'Ge moet ons hier godverdomme eens bezig zien. De familie Verhulst komt naar buiten.'

'Kleine, helpt gij uw nicht eens, jong!'

Haar broek trok ze zelf af, alleen de broeksknoop kreeg ze zonder mijn hulp niet los. Ik nam haar stevig beet onder haar oksels terwijl ze hurkte en met haar volle gewicht aan mijn armen hing. Terwijl we opgelucht hoorden hoe de straal tegen de straattegels klaterde en spetterde dacht ik terug aan het afscheid dat André van mijn nicht genomen had. Hij had gevraagd of hij haar mocht kussen, op de wang, en dat mocht hij. Het was een godsgeschenk geweest haar te mogen ontmoeten, hij had een geweldige avond met haar beleefd en zei dat hij nu in vrede zou sterven. Dronkemanspraat. Maar schoon.

Sylvie viel in slaap terwijl ze zat te pissen, er leek geen einde te komen aan haar water, en mijn vader begon zenuwachtig te worden bij de gedachte dat we straks tante Rosie tekst en uitleg moesten verschaffen bij de belabberde toestand van haar kind. Hoe dichter we thuis naderden, hoe stiller we werden. We roken onze stal, maar werden daar niet opgewonden van.

Tante Rosie zat met gezwollen, rode ogen en in peignoir op ons te wachten.

'Waar hebben jullie godverdomme zo lang gezeten? Er misschien ondertussen even aan gedacht dat ik hier thuis zat dood te gaan van ongerustheid?'

Het speet ons. Alles in het leven speet ons. Zo waren we.

'En gij, Sylvie, gij ziet er anders ook proper uit.'

'Het wonder is geschied,' zei Sylvie.

'Wablieft?'

'Het wonder is geschied, mijn pruim is nat en 't regent niet.'

Dat kwam uit een van de smerige liedjes die ze die avond had geleerd, het in die dagen zeer geliefde Pruimenlied, twaalf coupletten lang. En tante Rosie was zodanig geschrokken van haar welopgevoede kind dat haar hand uitschoot en een afdruk naliet op de wang van mijn nicht, die te bezopen was om in huilen uit te barsten. Onze Potrel heeft haar de trap op gedragen en met kleren en al in haar bed gelegd.

'Komaan, Rosie, waarom slaat gij dat kind? Er is toch niks verkeerd aan het Pruimenlied? Ze heeft de eerste vijf coupletten van André geleerd.'

'André? Hebben jullie André gezien?'

We zwegen.

'Heeft Sylvie André gezien, gesproken met hem?'

We zwegen.

'Ik vraag jullie iets!'

En of dat we zwegen.

'Weet ze dat André haar vader is?'

'Neen!'

'Zijt ge zeker?'

'Ja Rosie, Sylvie weet in de verste verte niet dat André haar vader is, en als we het haar zouden vertellen zou ze het waarschijnlijk geeneens geloven.'

'Dimmetrie, als gij ooit aan ons Sylvie verklapt wat gij hier nu gehoord hebt, dan krab ik uw gezicht open. Hebt gij dat goed verstaan?'

'Ja tante.'

We waren allemaal vervuld van medelijden toen oncle Robert kort nadien zijn vrouw in de wagen trapte en zijn zogezegde dochter op de achterbank liet plaatsnemen. Maar wij hadden ons niet te moeien met het huishouden van een ander en lieten het betijen, met jeuk in de handen. De eerste begrafenis waarop ik mijn verre nicht terug zou zien, zou die van mijn vader zijn. Vijf vadem en een vrijdag.

De vijver der gezonken babylijkjes

Palmier had alles van een zeemeermin: ze was slank en stonk naar vis. Naar haar leeftijd hadden we het gissen, maar als een ambtenaar van het gemeentehuis ons was komen vertellen dat zij de kaap van honderd jaar had overschreden, dan zouden wij dat ogenblikkelijk aanvaard hebben. Enkelingen herinnerden zich haar man, die een boer moet zijn geweest die de gedragingen van zijn beesten had overgenomen. De kinderen die het product waren van deze beestachtigheden lieten zich niet meer zien. Gezien de leeftijd die deze kinderen zelf reeds moeten hebben gehad was het trouwens niet uitgesloten dat zij reeds overleden waren, of opgesloten in een tehuis waar zij hun luiers vervuilden om de aandacht van een verpleegster te trekken, of om te protesteren tegen het opgelegde televisieprogramma.

Het gruwelijke verhaal dat over Palmier in ons dorp echter de ronde deed, was dat zij vaker was bevallen dan men kon nagaan in het geboorteregister van de Dienst Bevolking, en dat zij meermaals haar pas geworpen baby's had verdronken in haar vijver, waarin sommigen, onder wie ik in het gezelschap van mijn niet zoveel oudere nonkel Potrel, nog hebben gezwommen, en waarin wij destijds naakt op het ponton lagen te luieren en onverdroten keken naar elkaar.

Luiaards waren wij boven alles, zoals alle jonge mensen die hun energie hard nodig hebben om te groeien, om adamsappels en spieren en borsten en verdwaald haar te krijgen. Wendy met de kurkentrekkerskrullen had ze als eerste, borsten, waarmee ze tijdens een heerlijke rugslag twee prachtige kielsporen in het water trok. Zij was toen nog het trotse lief van mijn nonkel Potrel, een lief dat hij met gemak had afgepakt van de simpele en hyperkatholieke Werner, en als zij op haar rug lag te zonnen dan namen wij alle tijd om naar die borsten te kijken, hele kleintjes maar toch, en naar de groei ervan. Wie goed keek zag tenslotte ook de kleine wijzer van de klok vooruitgang boeken.

Het mooist was echter Helene als ze pas uit het water klom en zich neervlijde op het hete hout van het ponton. Maar dat gold wellicht voor alle natte lijven, blikkerend in de zon. Ik denk dat wij nog het meest aan plaatjes van idyllische, paradijselijke eilanden deden denken daar in de vijver van Palmier, of aan de reclames voor doucheschuim die ons ongetwijfeld inspireerden. Wij vonden het prettig met iets bezig te zijn waarvan wij het gevoel hadden dat het doodgewoon niet bij ons paste. Jonkheden die naakt met elkander speelden: die leefden in Afrika, of in het Amazonegebied, maar zeker niet hier in deze genegeerde negorij. Door de aardrijkskunde aan onze laars te lappen legden wij de fond voor een jeugd die als ongerept zou worden omschreven door romantici, trokken wij de bouillon voor een latere mijmering in het bejaardentehuis misschien. En deden wij onszelf niet denken aan verre, onmogelijke werelden, dan nog het meest aan prentjes (sommige om in te kleuren) van Griekse jongelingen, Spartanen, Efeben... En ook de meisjes zullen aan die prentjes hebben gedacht als zij ons, jongens, met elkaar in het water of op het ponton in elkaar verstrengeld zagen tijdens een, naar het leek, eeuwige worsteling. En wie heeft niet ooit eens over zichzelf in olympische termen willen denken? Olympiër te mogen zijn, al was het maar voor even. Maar Helene was het, het zat al in haar naam. Zij was gezoogd door de goden, met haar gratie zou zij het later maken, de wereld lag aan haar voeten.

Met zeven waren we telkens aan de vijver, een christelijk getal. Vier jongens, drie meisjes, warme dag na warme dag op het water, wadend, wachtend tot de zondeval een eind zou maken aan de onschuld waarmee we samen plasten in het water, vanaf het ponton, om het verst. Günther, een beginnend poëtaster met rode haren, wachtte altijd zo lang met pissen tot hij kraakte van de krampen, om dan opgelucht en triomferend zijn pis in een indrukwekkende overwinningsboog naar de andere kant van de vijver te spuien. De onoverwinnelijke pisser was hij, tot een blaasontsteking hem tot nieuwe speltactieken noopte en hij slechts matig nog scoorde. 's Winters hield hij zijn conditie op peil door jambische vijfvoeters te zeiken in sneeuw van minimum een week. De meisjes plasten liever ín het water en lachten dan altijd om de honderden visjes die zich rond hun watertrappelende benen verzamelden en hapten naar alle voedingsstoffen die er blijkbaar in zo'n urinestraal zaten. Zo leerden wij onze vis te vangen voor op lange zomerdagen. Wij doken onder de meisjes hun benen, wachtten tot ze plasten, en hoefden de happende vissen maar met onze handen beet te pakken om ze nadien te roosteren boven de ton die wij ergens hadden scheefgeslagen. Ik zou nooit nog een geroosterde vis ruiken zonder aan die eenvoudige dagen te moeten terugdenken, dat begreep ik toen al. Als de vis verorberd was gingen wij weer op onze ruggen liggen, op het warme hout, als keizers, als katten. Het gaf niet dat wij stijve pikjes kregen die zich als zonnebloemen oprichtten naar de zon, of dachten wij heldhaftig dat het naar

Saturnus was? Het gaf niet dat de meisjes ons bekeken, ons met dezelfde onschuldigheid als die waarmee wij hen begluurden vergeleken.

Niemand die ooit geduldig in het gras gelegen heeft en een bloem uit een knop zag springen, of die een vlinder zijn larvenlijf zag aan de kapstok hangen en aan het leven beginnen als een ware avatar, zal de kosmische verwondering begrijpen die ik voelde toen ik Helenes borsten zag ontstaan. Een gevoel dat men, indien mogelijk, in potjes zou willen doen. Voor later. Een vingerhoedje ervan op de tong telkens wanneer het leven moeilijk wordt. (Hoeveel van die potjes zou ik reeds nodig hebben gehad? Zou ik er nog iets van overhebben?) Ik, ja ik, was de eerste die ze zag. Telkens wanneer ik dat verhaal in mijn latere leven vertelde zag ik de mensen denken dat zoiets onmogelijk kon, dat geleidelijkheid onzichtbaar is. Maar een borst, geloof me, ontstaat plots. Met een 'plop', maar die zou je pas kunnen horen met de oren van een hond. Zij lag op het ponton, zoals ze altijd deed, en ik bekeek haar. Niet dat vunzige kijken, dat kwam later. Mijn ogen lagen gewoon op haar te rusten, in alle onschuld. En ineens waren ze daar. Veel was het niet, maar onmiskenbaar was het meer dan de verhoging die ook jongens op die plaats op hun lichaam hebben. Dit waren twee molletjes die je niet vermoedde, maar die je betrapte op het bouwen aan een hoopje. We zijn met ons allen dichter bij Helene gekropen, en hebben die hele middag gekeken naar het bescheiden begin van Alle Dingen. Alle zonsopgangen later zeiden me minder. Maar toen we hoorden dat Palmier haar ongewenste kinderen hier misschien verzopen had, en dat we al een ganse zomer zwommen in water dat zich vermengd had met de lijksappen van de baby's die op de bodem lagen, zijn we nooit meer naar de vijver weergekeerd.

De veestapel van Palmier was verdwenen, het enige wat ze nog bezat waren wat paarden en een hond. Die paarden waren oud en onverzorgd en dienden vooral als grasmachine voor haar gronden. Af en toe kregen ze hompen brood toegeworpen van de omwonenden en werden ze minzaam aan hun verroeste prikkeldraad geaaid door kinderen die later misschien slachter zouden worden, het ene sloot het andere niet uit. Lekker vlees zouden deze paarden niet meer leveren, daarvoor waren ze te versleten, en eens Palmier zou komen te overlijden zouden haar bejaarde beesten hoogstens voor een appel en een scharrelei worden verpatst aan een slimme beenhouwer, die hen zou vermalen tot inferieure worsten. Palmier keek naar haar beesten niet meer om, zoals ze ook naar zichzelf niet meer omkeek. Haar magerte en haar visgeur waren daar afdoende bewijs van. Alles aan haar gedragingen verried dat zij sterven wou, en het sprak voor zich dat wij daar begrip voor hadden. Maar Palmier mocht niet sterven, dat was de hele moeilijkheid. Haar gronden zouden in de greep vallen van harde makelaars die haar hele goed zouden verkavelen en aanbieden op de markt van smakeloze villa's. Wij hadden de praalzucht al gemerkt van de inwijkelingen die de voorlaatste gronden van de Kerkveldweg al hadden opgekocht: ze plaatsten protserige brievenbussen met stenen cherubijntjes in hun voortuin, en gaven hun bakstenen bunkers namen die ze vervolgens in gietijzer goten en aan de gevel hingen. Als wij wensten dat niet alles hier werd bedolven onder het beton, dan moesten wij er alles aan doen om Palmier in leven te houden. Natuurlijk zou ze sterven, zij had geen andere verwachtingen te koesteren dan de rest, maar iedere dag uitstel was meegenomen.

Het was grootmoeder Maria die ons de opdracht gaf een aantal maal per week Palmier te verblijden met een bezoekje en een babbel over het weer. Mensen kikkeren op van gesprekken over onbenullige zaken. Om haar levensduur zinloos te rekken warmden wij onze overschotten van een hutsepot op. Een hutsepot, die men tegenwoordig een 'energiebooster' zou noemen en waarop de vetogen talrijk lagen te drijven, alsof men Argus had teruggebracht naar een vloeibare toestand.

'Dag Palmier, wij hebben hier wat eten mee voor u. Slecht weer, hé, mens.'

'Ja. Ja. Wreed slecht weer, kinders.'

Het was in geen maanden meer zo aangenaam warm geweest maar slecht weer bekte nu eenmaal beter. Uiteindelijk hadden wij niet helemaal ongelijk: de warmte maakte dat Palmier nog harder stonk dan ze 's winters al deed.

Waren wij al geboren toen zij voor het laatst van onderbroek had verwisseld?

Ze doopte meteen haar vingers in de hutsepot, greep naar de mergpijpjes die er zonder mankeren in lagen om de smaak te optimaliseren en het overwicht van de spruiten te compenseren, en zoog vervolgens de mergpijpjes leeg, wat wij trouwens allemaal deden. Op het einde van de maaltijd gebruikte Palmier haar mergpijp als rietje en slurpte ze het overtollige vocht op van de verorberde hutsepot. Dit maakte een beangstigend, reutelend geluid, waarbij wij er nooit helemaal zeker van waren of het uit de verlepte longen van Palmier dan wel uit de mergpijp kwam.

'Kleine, durft gij het haar vragen?'

'Nee. Gij?'

Niemand durfde het te vragen, hoewel wij zelden een uitdaging lieten liggen waarmee wij ons lef konden bewijzen en wij er al grotere en veel gewaagdere hadden aangenomen én voltooid. Niemand durfde het Palmier te vragen, of het waar was wat ze in de cafés over haar beweerden, over het feit dat ze een paar van haar baby's had verdronken in haar vijver.

Wat kon dit mens ons doen? Ons een rammeling verkopen? Ze verliet nauwelijks nog haar stoel, wellicht omdat het gewicht van de stront in haar broek haar het rechtstaan bemoeilijkte. Ze had amper nog de kracht om een soeplepel op te tillen zodat wij haar soms haar eten moesten inlepelen. Wat zou zij ons dan nog iets gaan maken? Ze mocht ons uitschelden zoveel ze wou, daar konden wij wel tegen, dat waren wij bij manier van spreken gewend, om niet te zeggen dat we er al aan gehecht waren. Maar toch stelde niemand haar die vraag, ik niet, en verrassend genoeg ook onze Potrel niet, die toch al zestien was en stilaan een geconsacreerde gangster. We zwegen en luisterden naar het gerommel in haar luchtpijp en haar kanarie die in zijn kooi zijn dagelijkse oefeningen solfège floot. Ook dat beest zag zijn muit alsmaar kleiner worden, omdat Palmier het arme gevogelte in geen eeuwen meer had ververst en de aangekoekte drek zich steeds hoger opstapelde. Piet, heette de kanarie, want alle kanaries heetten Piet, en hij had zich geweldig aan zijn situatie aangepast, was een overtuigde carnivoor geworden en voedde zich met de spinnen die hun kobben rond zijn kooi hadden geklost en waarop een dikke laag stof het zonlicht verzachtte.

Onze schrik voor Palmier dateerde vast en zeker nog uit onze prille kindertijd, toen ermee werd gedreigd dat we zouden opgesloten worden op het erf van Palmier als wij ongehoorzaam waren. Want Palmier was een heks, daarom droeg ze ook een kapje op haar hoofd, was ze vel over been, en stonk ze. In heksen geloofden we niet meer, maar iets van onze angstgevoelens voor haar moest zijn blijven hangen, en bovendien had de schrik voor Palmier zich verplaatst naar haar waakhond. Wij daverden nu op onze benen voor haar hond Blondi, een teef, waarbij wij nog het een en het ander in het krijt stonden en die met ons zou afrekenen zodra zij zich van haar ketting had weten los te rukken. Het geheugen van honden mag immers niet worden onderschat; net als bij de olifanten en de slangen kan aan deze vierpoters het vermogen worden toegeschreven hun vijanden levenslang te herkennen en kennen zij geen rust eer zij bloedwraak hebben gepleegd. Telkens wanneer onze Potrel en ik het erf betraden snokte de hond haar ketting strak en baden wij tot een God waarin wij voor ons profijt ineens maar weer geloofden dat de betonnen paal waaraan de ketting was vastgemaakt stand mocht houden. Het beest toonde ons haar tanden, die rot waren en haar ongetwijfeld al veel ondraaglijke pijnen hadden bezorgd, en waarvan de botheid ons niet zou verlossen van een smartelijke dood. Integendeel, met een jong en gaaf gebit zou onze doodsstrijd minder lang duren, het zag er slechter uit voor ons met rotte tanden dan met glimmende. Het hielp niet dat wij het beest paaiden door haar een portie gehakt voor de poten te gooien, zij bleef blaffen tot wij weer verdwenen waren en ons laatste geurspoor van het erf was gewist door de stank van Palmier.

Blondi was bedaagd en afgeleefd, maar ontbeerde de voor honden typische intuïtie waar iedereen de mond zo vol van heeft. Als het waar was dat honden over een zesde zintuig beschikten, dan zou Blondi tenminste begrepen hebben dat wij als geen ander van honden hielden. Van katten niet zo, dat waren reïncarnaties van kakmadammen, zij droegen hun pels als een bontmantel, spendeerden hun dagen aan hoererij en koket gedrag. Ontrouwe sletten waren het. Maar van honden hielden we. Zeer. Ook van Blondi, jawel. Een sukkelares zonder stamboom, de zielige nakomelinge van noeste arbeiders, slaven, die waarschijnlijk het ambacht van het schapenhoeden nog beheersten en die het domein van knaaggedierte ontdeden. Ze was gevlekt als de honden in een kindertekening, zonder enige schakering, had korte maar stevige poten en een snoet die de voornaamste wetten van de aerodynamica respecteerde. Op haar ogen was een dik vel komen te liggen, zoals op verse melk, van de ouderdom, en wegens een combinatie van jeuk en verveling was zij begonnen zichzelf op te eten. Zo leek. Haar poten had ze stukgebeten, in de open wonden kwamen de vliegen zich massaal ontlasten, en de riem die haar aan de ketting hield had zich ten gevolge van haar vrijheidsdrang in haar pels gesneden. Uit haar achterste liep etter. Haar functie als waakhond beperkte zich tot het blafwerk, aangezien zij nooit van de ketting werd gehaald en geen mens te lijf kon gaan. Vaak komt het beste in een mens naar boven drijven in de nabijheid van een hond, en wij begrepen niet hoe Palmier rustig kon toekijken op het leed van haar geknevelde dier. Wij smeekten haar het beest ten minste van die ketting te halen, boden haar aan om er een uur per dag mee te gaan wandelen, desnoods aan een lis, en wilden het dier zelfs overnemen, overkopen om het een convenabele oude dag te bezorgen. Maar Palmier wou er niet van weten, Blondi moest en zou aan die ketting blijven. Het idee om op een nacht Blondi te bevrijden raakte niet verder dan een beetje opwinding bij de gedachte het daadwerkelijk ten uitvoer te brengen, onze schrik voor het oude kreng van een Palmier werkte verlammend. En dus bleven wij haar hutsepot met mergpijpjes brengen en keken wij, terwijl zij die naar binnen schrokte, vol medelijden naar haar hond.

Katten hebben negen levens, maar een hond gaat alle dagen dood. Het geketende, machteloze en stokoude beest kreeg regelmatig bezoek van reuen die door jongere en veel aantrekkelijkere teven waren afgewezen. Smerige honden waren het, sukkelaars op zich, dat moet worden toegegeven. Het waren bastaarden die zich in leven hielden met de inhoud van onze vuilniszakken, onder het schurft zaten, of mankten, en die met hun driften haast nergens anders heen konden dan tegen de benen van een eenzaam kind dat zo'n straathond voor een dankbaar speelkameraadje hield, en spoedig weer zou worden achtergelaten met zijn verwarde zelf en smurrie op zijn broekspijp. Blondi was te oud om zich nog te verzetten, zij staarde naar een punt in de verte terwijl de overal elders afgewezen honden haar keihard langs achter namen. Ramden.

'Dat is het nu, Kleine,' zei onze Potrel.

'Dat is nu wat?'

'Poepen! Neuken!'

In gedichten deden ze dat altijd in de keuken.

En ondertussen zaten wij op onze stoelen, naast de stinkende Palmier, met ons gedrieën te kijken naar de miserie van een straathond die genoegen moest nemen met een tot op de draad versleten teef met een etterend gat, en Blondi, die waarschijnlijk aan haar ketting tot de Heilige Franciscus van Assisi bad. Onze onwennigheid gecompleteerd door het schrikwekkende feit dat Palmier zichtbaar zat te lachen met pretoogjes, hetgeen ze nog zelden deed.

De natuur is wreed. Er waren voldoende tekenen die erop wezen dat het lijf van Blondi helemaal was leeggeleefd, en misschien hoopten wij dat de ziel van deze hond uithuizig was, dat er geen ene hond nog woonde in haar vacht. Maar net zoals het mijn grootmoeder moet hebben verrast op een min of meer gezegende leeftijd zwanger te sukkelen van onze Potrel, zo troffen wij op een dag Blondi aan met vijf kleintjes aan haar riante maar lusteloos slappe tepels.

'Doe die puppy's weg!' beval Palmier.

'We zullen ze meenemen naar huis,' stelden we voor.

'Niks van! Doe die honden weg! Maak ze af! Doe ze in een zak en verdrink ze in de vijver!'

Het was waar, de kleintjes zouden nog een goeie zes weken bij hun moeder moeten blijven en Blondi was te oud om dat nog te overleven. Maar toch.

'Ik kan dat niet,' bekende ik aan onze Potrel.

'Doe wat Palmier van u vraagt, Kleine.'

'Nee, ik kan dat niet. Daarbij ze vroeg het ook aan u.'

'Gij zijt een trut, gij.'

'Fok joe!'

'Fokt zelf joe, broekschijter!'

Palmier keek nauwlettend toe hoe wij de puppy's in een zak stopten, lette erop of de zakken voldoende verzwaard waren met stenen en controleerde de zeemansknoop waarmee ze ons had gevraagd de zakken dicht te binden. Het was toen we terugkwamen van de vijver dat Blondi ermee begonnen was naar ons te blaffen en te grommen met sop op haar tong en schuim op haar muil. Ze rukte aan haar ketting, de ogen in opperste staat van concentratie, de blik gefocust op onze strot, op dat klokhuis in onze keel waar zich bij onze Potrel al een stevige en puntige adamsappel had gevormd. Wij hadden een zwaard van Damocles, en het was een hond. En het was de simpele en hyperkatholieke Werner, van wie onze Potrel het lief had afgesnoept, die met zijn tanden was gaan knabbelen aan het draadje dat dit Damoclesiaanse zwaard nog een beetje aan de hemelen bond, door op een dag te zeggen: 'Weet ge nog dat wij er het eens over hadden die sukkelaar van een hond te bevrijden en dat niemand het durfde? Awel, geloof het of niet, ik heb gisteravond haar ketting doorgesneden. Ik weet alleen niet waar dat beest nu is.'

De Ronde van Frankrijk

God schiep de dag, en wij sleepten ons erdoorheen. Toen we nog leefden als personages in de liedjes van Big Bill Broonzy, organiseerde Omer een aanval op het wereldrecord drinken. Bier, welteverstaan. Het was een van de vele spitsvondigheden waarmee Omer zijn kroeg, de Liars Pub, telkens weer wist te vullen. Zijn ideeën waren deze die men groots en meeslepend placht te noemen, en dat zij er vaak de oorzaak van waren dat Omer in aanraking kwam met de politie lijkt dat alleen maar te bevestigen. De evenementen die Omer bedacht waren telkens van dien aard dat er aan het geheugen wordt getwijfeld van diegene die ze tegenwoordig navertelt, en nu pas, nu vele hoofdrolspelers reeds van de aardbodem werden geveegd, sta ik erbij stil dat de eigenaardige naam die Omer aan zijn kroeg gaf de waarde van een orakel had: als leugenaars, fantasten en mythomanen zouden de vertellers van deze verhalen uit zijn kroeg door het leven gaan. Maar daar stonden wij niet bij stil, het is niet zo dat wij het bestaan van een café negeerden omdat de uitbater er een lelijke naam aan had gegeven. Bovendien kenden wij kroegen met mooie namen, café De Maretak, café Olympia, café Rio, café De Blinde Vink, dat moest volstaan.

Herinnering is de troostende stuiptrek van een leven, een hogere soort van nageboorte. Pas wanneer de herinnering is opgedroogd treedt de dood helemaal in, de ontbinding begint wanneer men opgehouden heeft van ons te dromen, en indien geen van de getuigen het risico neemt voor een leugenaar te worden versleten zullen de verhalen van café Liars delen in ons eigen lot te worden vergeten, wat zoveel is als er nooit te zijn geweest. Enkelingen laten een schedel en een handvol botjes na, zoals een eenzame brachiosaurus zoveel miljoenen jaren en een uur geleden, hij is er vet mee, maar naar de inhoud van zijn dagen blijft het evenwel gissen met de natte vinger. Misschien dat archeologen over een miljoental jaren bij graafwerken de schedel of de tanden van Omer, *beatae memoriae*, uit de aarde delven. Dat kan. Ze zullen zijn skelet een naam geven en het zou al wreed moeten lukken dat het ook Omer zal zijn. En dat hij als John of George of weet ik veel naast de veel oudere Lucy (die wellicht ook anders heette, zo ze in haar tijd al de gewoonte hadden elkaar een naam te geven) in een glazen kastje komt te staan om de zotte tred van de evolutie te demonstreren. Maar zonder dat ik de wetenschappers van de toekomst bij voorbaat wil onderschatten, meen ik niet dat zij over de technieken zullen beschikken om te achterhalen dat hun skelet ooit een café uitbaatte en dat het een man betrof met waanzinnige ideeën. Niemand zal daar weten dat Omer ooit een wedstrijd naaktfietsen organiseerde als promotiestunt voor zijn café. Een deel van de bevolking stoomde van woede, niet in de eerste plaats omdat het naakt berijden van een fiets als een aanslag op de goede zeden werd beschouwd, maar omdat de wedstrijd werd gereden in de nochtans afgelegen buurt van het kerkhof. De invloed van de pastoor was verrassend genoeg nog zo groot en de sympathie van de politie voor dit project dermate omvangrijk dat de veertien goddeloze deelnemers uiteindelijk in hun onderbroek aan de start verschenen. Een compromis, heette het, de scheiding tussen kerk en overheid was niet dikker dan een onderbroek. Mijn vader werd toen verdienstelijk tweede onder grote belangstelling van het talrijk opgekomen publiek, want goede benen had hij wel. Het succes van dit initiatief kon worden verklaard, maar dat deed er geen afbreuk aan. Omer wist hoe hij de massa naar zijn kroeg kon lokken en een jaar na zijn legendarische wielerwedstrijd zocht hij een team bij elkaar dat op de grondvesten van zijn café het wereldrecord zuipen zou verpulveren. Twaalf man had hij nodig, geen kat die wist waar hij dat getal vandaan had, en het verraste niemand dat hij kort na de bekendmaking van zijn plannen aan onze deur stond te smeken deel te nemen. Ook ons verraste dat niet, alle dagen waren voorspelbaar maar op geen enkele waren wij voorbereid. Neen, de verrassing kwam van onze kant, doordat geen van ons bereid was mee te gaan in het vadsige plan van Omer. Men mocht ons naakt op een fiets zetten en ons vragen rondjes te rijden zoveel men wou, wij namen onze verantwoordelijkheden als het op vertier aankwam, je kwam maar op met de voorstellen, deed gerust een polonaise aan ons lijf, maar drinken voor de sport was een brug te ver. Toegegeven, onze Zwaren had zich aanvankelijk ingeschreven, hoewel hij van ons allen niet de beste drinker was, verre van, maar hij had zijn naam weer van de deelnemerslijst laten schrappen op verzoek van een meisje dat hem voor een klassieke keuze liet: zij of het bier. Met mijn vader viel er niet te praten, hij deed het niet en daarmede punt en basta. Onze Potrel was daar nog minderjarig en mocht tot zijn diepe ontgoocheling niet deelnemen, en onze Herman stuurde Omer met een kluitje in het riet met de eenvoudige maar voor iedereen goed verstaanbare woorden: 'Omer, ik ben niet zot.'

Uiteraard ging het leven verder, dat maakte het leven soms zo moeilijk. De lijst met deelnemers prijkte aan de toog van de Liars Pub, dagelijks gingen wij kijken wie erbij was gekomen, wie zich kandidaat had gesteld om zich te wagen aan een poging dit illustere wereldrecord op zijn naam te zetten. Alles was tot in de puntjes verzorgd, er zou een arts aanwezig zijn om de helden bij te staan tijdens de lastige ogenblikken, en die zouden ze ongetwijfeld kennen, en een gerechtsdeurwaarder zou het hele gebeuren gadeslaan zodat de resultaten officieel konden worden gemaakt en de kampioen zijn naam zou zien verschijnen in het *Guinness Book of Records*. Het was maar een naam, niemand zou die naam iets zeggen, eerder vroeg dan laat is onze naam een amalgaam van dode letters, een anagram van de leegte, maar wie werd opgenomen in het *Guinness Book of Records* had een teken van leven gegeven, bewezen dat hij uitsteeg boven de nochtans benijdenswaardige middelmaat. De grens van de mens, dat was het *Guinness Book of Records*, en wie daar een heel klein stukje van getrokken had, van die grens, die kon zichzelf makkelijker wijsmaken niet voor niets te zijn geboren. Op één lijn kwam hij te staan met haar of hem die ooit het snelste zwom, het hoogste sprong, het luidste zong. Naast het wezen met de langste tong of de zwartst verkankerde long kon jij staan, tussen mens en monster, de homo erectus die van alle soortgenoten in de tienmiljoenjarige historie van het varkensdom het hevigst dronk. Daar zou volk naar komen kijken. Met argusogen werd het groeiende deelnemersaantal gevolgd, dat daags voor het grote evenement op elf stond. Elf dappere jongens, gewoontedrinkers uit verveling en traditie, kerels die van vader op zoon in de kantlijn leefden. Ze gooiden zichzelf op een barkruk als een jas, maar ook daarin blonken ze niet uit. De kansen op welslagen werden miniem geacht aangezien er geen enkele Verhulst op de lijst stond, en bovendien moest er nog een twaalfde man gevonden worden in minder dan een etmaal. Maar wij zouden daar niet aan meedoen, o neen, iedereen maar niet wij.

De wereld wordt gered in een zwak moment; toen wij de ochtend van de Grote Dag even langsliepen bij Omer om een voorraad sigaretten in te slaan zagen wij dat hij zijn ploeg eindelijk vervolledigd had. Minder uit eerzucht dan uit verantwoordelijkheidsgevoel had onze Herman zich dan toch nog laten opschrijven als twaalfde en laatste man, en toen ook de rest van Reetveerdegem hiervan kennis nam, groeide het geloof in een memorabele avond die ons een kampioen zou brengen, en steeg de verkoop van kaartjes. We proefden wat het was een verwachting te hebben toen we een vrachtwagen de gehuurde klapstoeltjes zagen afleveren, en keken opgewonden toe hoe gemeentewerkers het podium bouwden waarop onze gladiatoren die avond zouden kampen met de drank, die toch als een stevige tegenstander mocht worden beschouwd. Twaalf krukken telde het podium, elk ervan vergezeld van een houten ton waarin de aanvaller van het record naar believen kotsen kon. En hopelijk werd er gekotst, dat was waar de mensen voor kwamen. Bovendien stond het reglement vomeren toe, de uitgebraakte hoeveelheid bier werd niet van het totaal afgetrokken, elke pint die was ingeslikt verscheen op het scorebord. Maar ze moest wel zijn ingeslikt, volledig, het was de taak van de gerechtsdeurwaarder om de ingeslikte druppel te onderscheiden van de druppel die naar buiten werd gespuwd nog voor hij achter de huig verdwenen was.

Wij konden niet zeggen dat wij achter de beslissing van onze Herman stonden. Maar ze was genomen, alleen dat al was een heldhaftige daad op zich, iemand die een beslissing nam, en het leek ons dat hij onze steun meer dan ooit gebruiken kon. We hebben frieten voor hem gebakken, eieren geklutst, zijn boterhammen ingewreven met smout, en of zijn lever onze cordon bleus nog verdroeg of niet, hij moest en zou zich te pletter vreten om een absorberende laag op zijn maag te leggen, een *fond* zoals we zeiden. Als meneer aan sport wou doen moest hij er maar mee leren leven in een uitstekende conditie te verkeren. Bovendien had hij nu echt wel de familie-eer te verdedigen, deelnemen was belangrijker dan verliezen, niemand had van hem verlangd dat hij deelnam, en nu hij het toch deed moest hij daar maar de consequenties van dragen. Na zijn copieuze maaltijd stopten wij hem in bed, om reserves op te bouwen, en vlak voor zijn wedstrijd hebben wij hem op de pot gezet zodat hij alle afvalstoffen van een vorige braspartij kon lozen. Details die het verschil konden maken, al geloofde hij daar zelf niet zoveel in. Toen mijn vader en mijn nonkels hem uiteindelijk escorteerden naar het strijdtoneel, wist geen van ons of onze Herman erop voorbereid was Iemand te worden, of hij er klaar voor was als een winnaar weer te keren. Want zo zou het zijn, die titel kon hem niet ontglippen, daarvoor was de concurrentie te mager en te min. De roem, verdoeme, lag daar voor de griepgrap voor zijn voeten, hij moest ervoor gestudeerd hebben noch kunnen voetballen.

Het was herfst, al waren wij ieder seizoen wel aan de fep en is het eigen aan vertellingen over levens als deze dat de jaargetijden er niet toe doen, maar de dood lijkt meer genood wanneer ook de bladeren van de bomen hun feuille morte uitvoeren, wanneer alles in de natuur behaagziek sterft volgens de regels van de kunst. Die nacht hoorde ik ook de bomen als cheerleaders wapperen met hun kruinen, de wind kwam van ver en had ons niets meegebracht dan enkel te zware gedachten. Het was de tijd vlak na de slacht, waarin de koeien wisten dat hun gratie voor een winter was verleend, zodat ze nog eens tochtig mochten staan, en dat de droefste onder hen hun sirenes loeiden om te rouwen om een kalf dat was opgegaan in kotelet. Daarom viel die nacht het blauwe licht van de politiewagen zo mooi op het behangpapier van onze slaapkamer, omdat het deel uitmaakte van de goddelijke choreografie.

Er werd aangebeld, maar grootmoeder Maria bleef liggen in haar bed, dat nog maar net de temperatuur van haar lichaamswarmte had aangenomen. Ze was er mee opgehouden 's nachts de roep van de deurbel te beantwoorden, omdat ze wist dat het weer een van haar zonen was die zijn motoriek had verloren aan het vele scharrebier en die beneden stond te klooien met zijn sleutels. Zij stonden dan te graaien in de onmetelijke diepten van hun broekzakken, hun weg zoekend tussen aanstekers, muntstukken en geknakte sigaretten, om met veel geluk na een half uur hun huissleutels op de delven. Waarna hun de psychomotorische test wachtte die sleutel in het sleutelgat te krijgen.

Er werd een tweede maal aangebeld, en in de kamer ernaast hoorde ik mijn grootmoeder zich nog eens omdraaien tijdens een kletterende vloek, waarvoor ze een zomer later te Lourdes om vergeving vroeg.

Ik stond op, keek door het raam, en zag een politieman ongeduldig met zijn benen trappelen. Het leek mij dat hij moest plassen.

'Meetje', riep ik.
'Wat is er jongen?'
'Er wordt gebeld!'
'Dat is je vader. Hij krijgt waarschijnlijk weer zijn sleutels niet in het slot. Laat hem maar bellen, een nachtje frisse buitenlucht zal hem geen kwaad doen.'
'Het is de politie, Meetje.'
'Weeral!'

Ook voor de politie was mijn grootmoeder opgehouden 's nachts de deur open te maken. De laatste jaren was ze het beu geraakt haar slaap te moeten onderbreken voor vriendelijke agenten die mijn laveloze ouwe uit de goot hadden geraapt en hem thuis kwamen afleveren. Er waren periodes dat het politiekorps van Reetveerdegem meer op een taxibedrijf dan op iets anders leek, en het was zelfs meermaals voorgekomen dat ze eerst mijn vader een lift gaven tot aan de deur en drie uur later mijn nonkel Zwaren afleverden. Het begon pas de spuigaten uit te lopen toen ze ook onze Herman naar zijn kamer hielpen en hem assisteerden bij het uittrekken van zijn gehavende kleren. Uiteindelijk bewezen ze daarmee het hele dorp een dienst, want iemand die op straat zijn roes lag uit te slapen zou alleen maar ongelukken kunnen veroorzaken, in die zin begrepen wij die moederinstincten van de gendarmen wel, maar ze moesten niet overdrijven, wij hadden ook onze trots. Andere keren belden ze aan met de boodschap dat onze Potrel hier of daar weer iemand in elkaar getimmerd had tijdens een bezopen ruzie en om administratieve reden de nacht had door te brengen in de cel, waar hij bij manier van spreken al zijn eigen pyjama had liggen. De politie bracht ons daarvan telkens op de hoogte om ons niet te verontrusten als hij afwezig bleek bij het ontbijt. Alsof wij verontrust waren wanneer onze mannen soms drie dagen lang niet thuiskwamen. De periodes dat ze in grote vorm verkeerden en koste wat het kost dronken wilden raken, gebeurde het dat we ze een ganse week niet te zien kregen. Bovendien ontbeten wij niet, niet voor we eerst een half pakje sigaretten hadden opgerookt.

Maar wanneer een politieman de kwalijke gewoonten van stofzuigerverkopers overneemt en tot vijfmaal toe aan de deur belt, of zijn vinger niet van de belknop haalt tot wanneer er eindelijk wordt opengedaan, dan is er een vermoeden van ernstigheid.

Toen mijn grootmoeder de deur uiteindelijk openmaakte gaf de agent de indruk het jammer te vinden dat er alsnog werd opengedaan.

'Goedenavond, mevrouw, sorry dat ik u zo laat op de avond nog stoor, maar bent u de moeder van Herman Verhulst?'

'Dat hangt er van af.'

Iedereen kende hier de Verhulsten, de politie nog het best. Blijkbaar was die jongen nieuw in het korps en hadden ze hem bij wijze van doopproef op ons afgestuurd.

'Mag ik even binnenkomen, mevrouw?'

'Meneer, kijk eens hier: ik sta hier in mijn peignoir en heb mijn tanden niet in, in zo'n toestand kan ik geen volk ontvangen. Wat voor nieuws?'

'Het is nogal ernstig, vrees ik. Mag ik echt niet even binnen, het is tamelijk lastig om dit aan de deur te vertellen.'

'Kleine, haal boven eens mijn tanden, dat ik die meneer hier een beetje deftig kan ontvangen!'

Er zat nog lauwe koffie in de kan, die de agent dankbaar aanvaardde. De bittere smaak van onze cichorei stond hem tegen, en als we de zak suiker niet bij zijn tas hadden gezet zou zijn gezicht zijn opengescheurd in twee afzichtelijke helften. Zodra grootmoeder haar tanden in had mocht hij zijn gesprek verder zetten.

'Eens vragen, mevrouw, heeft u soms toevallig een hartkwaal?'

'Is dat nu een uur om de mensen lastig te vallen met vragen over hun hart?'

'Ik moet dat nu eenmaal vragen, mevrouw, het spijt me.'

'Voor wat is het? Want ik wil snel terug mijn bed in.'

'Uw zoon, mevrouw, Herman Verhulst...'

'Ja? Wat heeft hij nu weer uitgespookt?'

'...ligt momenteel in comateuze toestand.'

'Kijk meneer, ik ben een oude vrouw met een veel te klein pensioen. Op mijn veertiende zat ik in de weeffabrieken van Aalst en Dendermonde. Om vijf uur moesten we beginnen, en ik reed met de fiets naar mijn werk, weer of geen weer. Iedere seconde die ik op de wc zat werd afgetrokken van mijn loon. Op mijn zeventiende werd ik zwanger van een zoon die veel te veel woog en die ze er met een keizersnede hebben moeten uittrekken. Uiteindelijk zijn er tien kinderen uit mij geboren waarvan negen levend, en ben ik gans mijn leven in de weer geweest met de was en de plas van dat grut. Met andere woorden, ik heb niet gestudeerd. Ik weet wel dat al mijn zonen, dus ook onze Herman, soms in verschrikkelijke toestanden thuiskomen 's nachts. U had de toestand eens moeten zien waarin onze Pierre gisteren verkeerde. Maar daar een naam op plakken kan ik niet. Comateus of welk woord gebruiktige gij? Awel, ik kan mij daar iets bij voorstellen, bij een comateuze toestand. Dat komt hier alle dagen voor, ik heb alles al gezien. Maar als ge zo vriendelijk zoudt willen zijn om mensentaal te spreken!'

'Comateus is een wetenschappelijke term, mevrouw. Het wil zeggen dat je niet dood bent, maar dat je ook niet meer leeft.'

'Dat is wat ik net kwam te zeggen, meneer, dat zie ik hier alle dagen. Misschien ben ik ook wel comateus dan, nu je het zo zegt. Zou dat kunnen?'

De agent zette een gezicht op dat te verstaan moest geven dat hij agent en geen dokter was.

'Als onze Herman niet meer zou leven, dan zou u mij hier toch vertellen dat hij dood is, en niet bijvoorbeeld dat hij in comateuze toestand verkeert, onnozelaar. Allé nu, comateus. Komt dat van het Latijn of zo?'

De agent haalde zijn schouders op. Ongetwijfeld vervloekte hij op dat ogenblik de korpschef die hem op ons had afgestuurd met deze door al zijn collega's gehate opdracht. Deze klus was altijd voor de nieuwelingen, ouwe rotten in het vak spraken hun ervaring aan om stempels te zetten op officiële documenten en om parkeerboetes uit te schrijven.

'Kijk meneer de agent, ik zou nu graag terug mijn tanden uitdoen en gaan slapen. En als u zo vriendelijk zou willen zijn om mij niet meer lastig te vallen met onnozelheden als deze, het is verdomme vier uur in de nacht. Comateuze toestand, mijn voeten. Wetenschappelijke term, mijn voeten. Een mens moet wat horen in zijn leven.'

Drie weken later kwam onze Herman thuis met tape op zijn gezicht en een vel dat indringend rook naar ziekenhuis. Hij werd bij elkaar gehouden door middel van een indrukwekkend aantal hechtingen, en op het gipsverband rond zijn linkerbeen had hij alle verpleegsters hun naam laten zetten. Prachtige verpleegsters volgens hem, en hij had hen allemaal een bos bloemen beloofd omdat ze drie dagen lang aan zijn bed gekluisterd hadden gezeten en lieve woordjes in zijn oor hadden gefezeld, wat ze naar het schijnt altijd deden bij mensen die in coma lagen. Alleen zo zou hun hang naar het leven kunnen weerkeren. En kijk, onze Herman wás uit zijn coma ontwaakt en zou spoedig worden ingehaald als een held. Want wereldkampioen was hij geworden, uiteraard. Nadat hij drie liter en tachtig centiliter aan het oude wereldrecord bierdrinken had toegevoegd was hij manhaftig in zijn wagen gestapt, hoewel hij nauwelijks nog op zijn benen kon staan. De hele pub had stomverbaasd toegekeken hoe onze Herman er nog wonderwel in slaagde het portier van zijn wagen open te maken, de sleutel in het contact te stoppen. En toen hij ook nog eens de wagen startte en in een redelijk rechte lijn de straat uit reed was iedereen ervan overtuigd dat zij oog in oog hadden gestaan met één van de meest merkwaardige drinkers aller tijden, iemand die zijn wereldtitel niet toevallig had veroverd. Luttele minuten later bevond onze Herman zich reeds op de autostrade, zij het spookrijdend, en zij het niet langer dan enkele seconden. De klap moet verschrikkelijk zijn geweest.

Ondanks de buitenmenselijke hoeveelheden gemeten alcohol in zijn bloed en ondanks zijn zware verkeersovertreding, alles bij elkaar voldoende om hem een levenslang rijverbod op te leggen, heeft zijn verzekeraar hem volledig schadeloos gesteld voor het ongeval en werden zijn hospitalisatiekosten en de factuur van de garagist tot de laatste centiem terugbetaald. Hij was, typisch onze Herman, frontaal tegen een gestolen wagen aangeknald en mocht op de koop toe een maand later op het gemeentehuis een medaille in ontvangst nemen omdat hij een bende gangsters, waarnaar men al maanden tevergeefs op zoek was, in de prak had gereden. Zelf was hij door de voorruit geslingerd op muziek van Roy Orbison die hij tijdens zijn dodenrit loeihard had afgespeeld, en hij nam zich voor een zoon te maken en die Roy te zullen noemen, uit dankbaarheid voor het wonder van het leven. Dat laatste hebben we hem afgeraden.

Onze wereldkampioen zuipen! Herman Verhulst! Zijn vader zou trots geweest zijn op hem! En wij maakten ons op om heel ons leven de vraag te moeten horen of wij familie waren van die ene Verhulst, Herman, telkens wanneer wij onze achternaam langzaam spelden aan de griffier van de rechtbank.

Alleen onze Potrel kon het niet opbrengen zijn enthousiasme te tonen. Hij voelde zich benadeeld omdat hij als minderjarige niet had mogen deelnemen aan deze wedstrijd en was van mening dat hij en niemand anders die titel verdiende. Bovendien had hij zijn twijfels over de waarachtigheid van zo'n wedstrijd die de begrippen van het zuipen onbehoorlijk had vernauwd. Ten eerste kon de deelnemer toevallig zijn dagje hebben, zo'n dag waarop je een hoop liters hebben kan zonder neer te smakken, die dagen komen inderdaad voor, dagen van genade. En ten tweede had de slemppartij zich beperkt tot de flauwe pils die werd gestookt in Brouwerij De Geest en waarvan de wort een film van stank en doem legde op onze dorpen. Onze Potrel had meer verwacht van een wereldkampioenschap zuipen, had gehoopt dat het de totale zuiper zou onthullen aan de wereld, iemand die alle pijpen van het drankorgel bespeelde. Wohltemperiert, als we dat woord tenminste hadden gekend. Er was geen enkele kunst aan gelegen om je compleet van de kaart te hijsen. De kunst was om je compleet van de kaart te hijsen en dat daags nadien opnieuw te doen, en de dag na de dag nadien opnieuw, en opnieuw, tot je als enige overbleef. Desnoods zopen de deelnemers weken aan een stuk. En men zou zich niet mogen beperken tot pils, ook wodka en whisky en allerhande afgrijselijke stooksels en cocktails moesten aan bod komen. Waar het onze Potrel nu op aankwam was al deze basisprincipes in een aantrekkelijke vorm te gieten, in een wedstrijdkader als het ware, en die kwam er sneller dan een van ons voor mogelijk had geacht. Onze Potrel had namelijk ontdekt dat zijn ideeën over de totale zuipschuit overeenstemden met de ideeën die Géo Lefèvre over de totale wielrenner had. Lefèvre, ontwerper van de allereerste Tour de France, had namelijk een wedstrijd in gedachten gehad die zodanig zwaar moest zijn dat slechts één deelnemer de eindmeet zou halen. Zo moest ook onze Potrel zijn krachtmeting eruitzien, en hij begon meteen het hele concept uit te werken met een zorg die hij nooit eerder voor iets anders had opgebracht.

Schaar en lijm keerden terug in het leven van de bijna meerderjarige Potrel. In onze stal kleefde hij de kaart van Frankrijk (schaal 1 op 1.000.000) op een grote, stevige kartonnen plaat, tot grote opluchting van zijn moeder, die haar zoon bekeerd zag tot een knutselaar, wat hem op termijn de lust zou doen krijgen om een stiel te leren en uit de cafés te blijven. Het hele parcours, bestaande uit 19 prachtige ritten, tekende hij uit op de kaart. Start en aankomst in het departement Parijs. Na enig rekenwerk besloot hij dat 5 kilometer op de kaart gelijk stond met 1 glas alcohol, wat al gauw maakte dat je voor een toch wel redelijk korte rit van 180 kilometer 36 glazen alcohol moest drinken. Om het snelst. Maar het was onze Potrel dan ook om de meest complete zuiper te doen, een uitzonderlijk talent dat pas kon worden ontdekt door de lat waanzinnig hoog te leggen. Een gezonde witte pis, dat was wat de deelnemers zeker negentien dagen lang zouden lozen.

Analoog met de wielerronde bedacht hij drie klassementen, drie truien die verdiend konden worden. De gele trui voor de eindwinnaar, zijnde voor hem die het snelst het parcours had afgelegd. De groene trui voor de spurtbom, te zeggen: de koning van de ad fundum. En de bolletjestrui kon worden veroverd in het gebergte, daar waar je vooruitkwam door zware dranken als whisky en wodka te zuipen.

De plastic wielrennertjes waarmee ik ooit nog had gespeeld en in mijn dromen Lucien Van Impe of, vooral, Bernard Hinault was geweest, het enige speelgoed overigens waar ik maar geen afscheid van nemen kon en dat ik bewaren wou uit iets wat zich daar reeds manifesteerde als onbegrijpelijke nostalgie, die wielrennertjes verdwenen ineens in de zakken van onze Potrel en zouden dienst doen als pionnen op het bord. Per consumptie zouden de spelers hun pion één vakje mogen verplaatsen. Een beetje zoals bij ganzenspel, maar dan voor varkens.

Onze Herman vond het hele idee belachelijk, om niet te zeggen kinderachtig, en deed niet mee. Hij had natuurlijk de officiële titel te pakken en had zijn volledige reputatie te verliezen, we schatten in dat hij het verstandiger vond op zijn lauweren te rusten. Mijn vader mocht wel een groot drinker worden genoemd, maar hij was beperkt in zijn mogelijkheden: van rode wijn viel hij ogenblikkelijk in slaap. En hij was bovendien al een derde van zijn maag kwijtgespeeld aan de kwalijke gewoonte wijn en bier en campari en gin en alles wat hij grijpen kon door elkaar te mixen. Mijn vader was meer het type van de proletarische drinker, al dan niet noodgedwongen, een pilsboer. Hij dronk zich weliswaar te pletter maar probeerde daar geen enkele nadruk op te leggen. Zichzelf dood drinken was voor mijn vader geen sport maar eerder een sociale zegening. En omdat ook onze Zwaren zijn forfait gaf wegens opnieuw opspelende jicht diende onze Potrel de concurrentie buiten de familiekring te zoeken.

Gans anders dan Omer had onze Potrel wél snel een prachtig deelnemersveld bij elkaar, achttien enthousiaste zuipers in totaal, onder wie een redelijk aantal minderjarigen die revanche wouden nemen omdat het hen niet was toegestaan zich voor de wedstrijd van Omer in te schrijven. Daardoor kon dit concours gezien worden als een clash tussen de generaties, de troonsaflossing. Bovendien was er iemand van ver buiten het dorp komen opdagen, de voorzitter van een drinkclub uit de verlepte badstad Oostende, een gereputeerd zwijn met een supporterskern van motorfreaks in lederen jekkers. Zijn lijf was een knekelveld van getatoeëerde doodskoppen en hij zou zeker allure geven aan deze wedstrijd. Dit was iemand die je in de gaten moest houden in het hooggebergte; wie deze bonk van de bolletjestrui kon houden had iets op zijn curriculum te zetten. Niet alleen was de wedstrijd van onze Potrel opengetrokken naar alle delen van het land, hij stond ook open voor vrouwen. Dikke Zulma van de Restertdreef (een weef die zich vanuit een diepmenselijk gevoel van kosmische leegte op jonge, onbeholpen snaken smeet) was ongetwijfeld een kandidate voor de eindoverwinning gezien haar fenomenale voorraad vet voor vele vooroorlogse winters waarmee ze de alcohol in geen tijd zou afbreken. Het was nu al uitkijken naar een marathonontsnapping van dat mens, of naar een duel tussen haar en de Hell's Angel op de flanken van de Tourmalet. Van al die kandidaten was onze Potrel het meest een karaktermens, de outsider die vaak scheelbezopen zou moeten terugkeren uit de groep der gelosten en die zou demarreren terwijl hij sterretjes zag.

Achttien deelnemers, het mocht nu al een succes genoemd worden, en onze Potrel suizebolde toen hij daar ineens de maakbaarheid van de geschiedenis begreep. Want zo zou het zijn, anders kon het niet lopen: dit alcoholistische gezelschapsspel was het beste in zijn soort, niemand had een betere methode ontworpen om de meest getalenteerde zuipschuit te openbaren aan de mensheid. Het lag voor de hand dat men over luttele tijd overal ter wereld een Rondje van Frankrijk zou spelen. Naar het voorbeeld van. Dat was immers logica. En zoveel geschiedenis vroeg om heroïsche woorden die onze Potrel eeuwig zouden herdenken als de pionier van het heldhaftige drinken. Wat wij nog misten was een eigen krant, een lofzang, een eruptie van grootheidswaan, een zatte skald die zijn mosterd haalde bij de haast delirerende journalisten die in 1903 reeds de grootsheid bejubelden van de wielerversie van de Tour de France. Iets als:

'Vandaag wordt door een denkbeeldig Frankrijk de bezoedelde maar immense energie verspreid van onze professionele zuipers. Van Parijs naar de blauwe golven van de Middellandse Zee, van bier dat smaakt naar flauwe pils naar pastis, van Marseille naar Bordeaux, van gestookte azijn naar veel te warme wijn.

Bij het doorkruisen van alle door de zon in slaap gesuste, roze en dromerige steden, dwars door de Vendése velden, helemaal langs de Loire, die langzaam en stil stroomt, gaan deze mannen en vrouwen het vocht door hun kelen laten vlieden, uitzinnig, onvermoeibaar, en ze zullen op hun weg allerlei vlagen van bewusteloosheid en braakneigingen tegenkomen die ze van zich af moeten schudden, hoofdpijnen en diarree doorstaan, ze zullen nieuwe krachten opdoen en de ambitie wekken om iets te zijn, al is het alleen door de kracht van een sterke maag, door de goede werking van de lever, wat toch meer waard is dan helemaal niets te zijn. In vele honderden kilometers, omgezet in vele liters moordende drank, gaande van whisky tot en met cognac, onder de bijtende zon en in de nachten die hen zullen verbergen in hun doodskleed, zullen ze vergeefsheid tegenkomen, ledigheid en luiheid, verlamde en onwillige slokdarmen, slikreflexen die het laten afweten. In de giganteske strijd waar ze zich toe verklaard hebben zal de verdoving intreden, zij zullen zich bij wijlen niet schamen om hun sluitspieren te laten verslappen, om te verbleken in hun gezicht, om te wauwelen en door het lint te gaan. Want het lichaam van deze mannen en vrouwen zál kapot gaan op deze zo moeilijk mogelijke weg door dit denkbeeldig Frankrijk, maar het kapotgaan zal kunde worden, wat niet zal gezegd kunnen worden van de velen die nog heel zijn en niets te betekenen hebben, en bij wie hun dood een samenvallen zal zijn van henzelf en hun oude betekenisloosheid.'

Wie in die periode zichtbaar zeer gelukkig was, was grootmoeder Maria. Ze had een onverklaarbare geestdrift opgemerkt bij haar jongste en reeds voor de vuilbak voorbestemde zoon. Iedere school waar hij zich ooit had ingeschreven had hem na een korte proeftijd buitengegooid. Werken deed hij niet, en deed hij het een zeldzame keer uit tergende geldnood toch, dan sloeg hij zijn werkgever in elkaar vanuit een zekere onvrede met de dingen die bij de ene mens al iets beter kan worden gekanaliseerd dan bij de andere. En nu, zo plots, dook hij de stal in om aardrijkskundige kaarten uit dik karton te zagen en kwam hij thuis met wielertruien. Haar jongen ging fietsen, en te oordelen naar het vuur in zijn ogen zou hij dat fietsen zodanig ernstig nemen dat hij spoedig de drank en de sigaretten zou verruilen voor een leven dat helemaal in het teken stond van de gezonde sport. De Heer had haar getart, veel gebeden had Hij haar laten prevelen om haar jongste de weg te wijzen naar het rechte pad. Maar Hij had het gedaan. Waarvoor dank.

De hele wedstrijd zou worden gereden in een caravan in de tuin van Jowannekes ouderlijke huis. Het was de caravan waarin Jowannekes vader nog een schildersatelier had uitgebouwd om een bezigheid te hebben, en waarin hij zich enkele maanden voor de wedstrijd had opgeknoopt om geen bezigheden meer te moeten hebben. De kaart van Frankrijk en de pionnen lagen er in het midden van de triplex ruimte, geflankeerd door een scorebord, een chronometer, en een ijskast waarin de dranken op temperatuur werden gehouden. Kotsbakken waren niet voorzien, de tuin was groot genoeg en Jowannekes moeder was op vakantie en bevond zich nog zeker tot de laatste etappe op het strand van Benidorm.

In de middag van een zomaar tweede juli vertrok onze Potrel met zijn drie truien onder de arm, op een gestolen maar helaas volledig verroeste damesfiets naar de start van zijn eerste rit in de Tour de France. De proloog. Een korte tijdrit over drie pilsjes, niets om wakker van te liggen. Ad fundum was een kwestie van techniek, je moest gewoon het trucje onder de knie hebben om je keel volledig open te zetten. En dat kon onze Potrel. Dus moest hij het ook drie keer na elkaar kunnen. Een verlengde sprint was helemaal iets voor hem, en het verbaasde dan ook niemand dat hij deze proloog afsloot in het gele maillot. Het was nog te vroeg om daar conclusies uit te trekken, dat begreep hij zelf als geen ander. De verschillen waren minder dan een seconde. Maar toch. Toch zag je die flikkering in zijn ogen toen hij 's avonds in zijn gele trui aan tafel verscheen (gehakt met tomaten en ajuin), en je voelde dat het pijn ging doen wanneer hij die trui 's anderendaags zou moeten afstaan aan een ander. Aan Dikke Zulma misschien; zij was een diesel, begon pas dorst te krijgen als ze een ganse emmer binnen had.

Onze Herman vond dat onze Potrel er belachelijk bijzat aan tafel, zo in die gele trui, maar met zijn gevoel voor esthetiek zal dat niets te maken hebben gehad.

'Awel, Eddy Merckx, ik zie dat ge goed gereden hebt. Ge hebt toch geen doping gepakt? Al in het potje moeten pissen?'

'Gij zijt jaloers gij. Ge durft niet meedoen dus moet ge zwijgen. Gij zoudt nu al een uur op achterstand hebben gestaan.'

'Herman, laat onze Potrel met rust. Hij is coureur aan het worden. Misschien zoudt gij ook beter wat aan sport doen in plaats van al uw geld aan de bazin van Het Hoekske te hangen.'

'Ja, moe. Ge hebt ongetwijfeld gelijk, moe.'

'Trek het u niet aan jongen, ik ben wreed content dat ge koerst. Echt waar.'

'Merci, moe. Ik zie u ook graag.'

De ernst van deze wedstrijd bleek uit het feit dat onze Potrel die avond vroeg ging slapen, bekommerd om zijn frisheid. Morgen wachtte hem een eerste test, een rit van Amiens naar Chartres, 195 kilometer oftewel 39 glazen drank. Machtsverhoudingen zouden daar nog niet uit blijken, daarvoor was de rit te vlak, maar je zou wel meteen aanvoelen of je zo'n afstand aankon en het was nu al af te raden om een te grote achterstand op te lopen. Slechts twee verwaarloosbare klimmetjes waren er, zij dienden overbrugd te worden door het drinken van telkens een trappistenbier met een alcoholpercentage van 10 procent. Wie het eerst zijn trappistenbieren op had zou overmorgen starten in de bolletjestrui, de enige trui met ballen, maar onze Potrel betwijfelde het of hij zijn ambities op dat vlak moest richten. De groene trui leek meer iets voor hem. Type Freddy Maertens. Er was een bonificatiesprint na twintig pilsjes, en nog een na de zevenentwintigste pils. Die moest hij zien te winnen. En voorts: ervoor zorgen dat hij de koers uitreed. Want dat was de regel, wie zijn etappe niet volledig uitreed mocht 's anderendaags uiteraard niet meer aan de start verschijnen.

Het startschot werd gegeven om tien uur 's ochtends, het uur waarop onze postbodes reeds van hun fiets vielen. En het verloop had iets van een echte wielerwedstrijd. Iedereen keuvelde in de aanvang van de strijd gezellig met elkaar tijdens het drinken van een glas, in de steeds dichtere mist van sigarettenrook, begreep dat het nog lang was, en verborg zich in het pak. Achttien mensen, tegen mekaar geplakt in die caravan. Na tien pilsen, die nog voor geen enkele afscheiding hadden gezorgd, begon het heen en weer geloop tussen de caravan en de boomgaard, om te pissen. Nog 29 glazen bier te gaan, je moest zot zijn om van hier een solonummertje te beginnen tot aan de streep. De eerste tragedie in de geschiedenis van de Tour de France (édition Potreloise) speelde zich af bij het veertiende glas. Wilfried, nochtans geboortig uit een familie Duitsgezinden en logischerwijs een bierdrinker van natuur en filosofie, tuimelde opeens van zijn stoel en raakte daar slechts met de grootste moeite weer op. Over zijn volgende pils deed hij meer dan een uur, met aandoenlijk kleine slokjes, net een kind dat leerde drinken. En uiteindelijk gaf hij verstandig op. Er was nog zeventien man in koers, en al iets meer ruimte in de caravan. Deze zo goed als biljartvlakke en relatief korte wedstrijd zou in ieder geval al de amateurs onderuit halen. Hoeveel ritten waren er nodig om te weten wie met wie rekening moest houden? Op het ogenblik dat Wilfried naar huis strompelde beloerden de zelfverklaarde pretendenten naar de groene trui elkaar. Voor de eerste vijf viel er na pils nummer twintig een handvol bonificatiepunten te verdelen, maar wanneer trok je de sprint aan? Vanaf waar dronk je een aantal ad fundums na elkaar? En herstelde je vlot van zo'n inspanning? Kreeg je de rekening over vijftien kilometer gepresenteerd, wanneer de eerste beklimming eraan kwam?

Onze Potrel plaatste een snedige demarrage bij zijn achttiende pils, pakte het maximum van de punten bij de tussenspurt, en hield daarna bij manier van spreken weer zijn benen stil. Hij reed virtueel in het groen, daar was het hem voorlopig om te doen.

Dit hele eerste gedeelte kon men gerust als opwarming beschouwen, het betekende niets met wat er in de komende dagen nog op het programma stond, en toch was de stemming al bezopener geworden. Lachbuien volgden elkaar op, de strijd werd zo nu en dan verlicht met het inzetten van een of ander wreed schunnig lied, en steeds minder nam men de moeite om helemaal tot achteraan in de tuin te gaan om te zeiken maar haalde men zijn gerief uit de gulp tegen het triplex en de wielen van de caravan. Met uitzondering van Dikke Zulma, die zich voornam vanaf de volgende rit haar pispot mee te brengen.

Een bak bier! Hoeveel mensen kunnen dat zeggen, dat ze een ganse bak bier hebben gedronken tussen twee maaltijden door? Het komt wel eens voor, op een huwelijksfeest of na een echtscheiding. Maar men is er dagenlang niet goed van. Hier hadden ze hun bak bier binnen, en moest de wedstrijd nog openbarsten. Bij het eerste trappistenbier schoot Kurt naar voren, de zoon van de steenbakker, ook een genetisch bepaalde dronkelap. Heel even is er in het peloton naar elkaar gekeken, maar men heeft hem laten rijden. Hij had de dagwinst met twintig minuten voorsprong op zak, alsook een fenomenaal stuk in zijn kloten.

'Het Idee...' schreef Dino Buzzati na een rit in de Giro d'Italia, en Idee stond daar niet zomaar met een hoofdletter. 'Uitsluitend voor het Idee beulen de renners zich af, ook als ze geld zat hebben. En het is het Idee en niets anders waarvoor de menigten toestromen langs de kant van de weg. Hij gelooft niet in geld, gelooft niet in belangen, gelooft zelfs niet in spieren. Het is de Geest, zegt hij, enkel de macht van de Geest waardoor de wielen draaien, de Falzarego of de Pordoi beklommen en de records geslagen worden.'

Ook onze Potrel had een stuk in zijn kloten, voor het Idee. Negenendertig glazen alcohol, koekoek, je steekt dat niet zomaar weg. Maar hij had zijn groene trui om de schouders, een opsteker. Lijkbleek en met een ringbaardje van opgedroogde kots rond zijn lippen nam hij die avond plaats aan tafel, waar de geur van varkensgebraad en bloemkolen in Hollandse kaassaus hem bijna te machtig werd.

Zijn moeder had met hem te doen.

'Ge overdrijft, jongen. Dat is ook niet goed. Hoeveel kilometers hebt ge vandaag gereden?'

'195!'

'Wablieft? 195? Zoals ik u zeg, jongen: ge overdrijft! Ik heb u in geen jaren aan sport weten doen, ineens hebt ge die microbe te pakken en vlamt ge direct 195 kilometer bij elkaar. Ge moet dat langzaam opbouwen volgens mij. En dat dan nog op die verroeste vélo van u.'

Toen onze Potrel 's anderendaags half bewusteloos terugkeerde van de derde rit, die hij pas in de laatste bocht verloor, stond er thuis een fonkelnieuwe koersfiets op hem te wachten. Een cadeautje van zijn moeder, omdat ze het zo waardeerde dat hij eindelijk zijn leven verbeterde. Die dingen kostten een fortuin, we hadden ze al zien staan in de etalage van de fietsverkoper in de Schoolstraat en de prijzen ervan hadden ons mensonterend geleken. Wielrennen mocht dan wel een volkssport worden genoemd, maar wij moesten er niet aan denken om ons een koersfiets aan te schaffen. En ineens stond daar zo'n fiets. Een blauwe Colnago met een prachtig gebogen stuurstang, de hoorns van een bronstige ram. Een versnellingsapparaat om u tegen te zeggen. Pedalen met een kliksysteem. Remblokjes van het nieuwste type. Het zadel gevuld met een verzachtende gel tegen de steenpuisten. Wij wisten hoe klein haar pensioentje was. Wij wisten hoe wij lang voor het eind van elke maand haar pensioentje opgezopen kregen. En wij wisten dat zij voor de aanschaf van deze fiets stiekem iets in pand had moeten geven, misschien wel de juwelen die zij van haar vroeg gestorven moeder had geërfd en waaraan ze was gehecht als betroffen die juwelen haar moeder zélf. En het hield niet op met die fiets.

'Kijk eens wat ik nog voor je heb!'

Een drinkbus. Die had ze er gratis bij gekregen.

En bij het zien van de drinkbus holde onze Potrel linea recta naar de wc, het was immers een lastige rit geweest.

Bij drie bruistabletten tegen de onpasselijkheid dacht onze Potrel na over zijn Ronde. Ritwinst zou er nog in zitten, een paar keer zelfs, en net voor Parijs was er nog een tijdrit over zestig kilometer die hem niet mocht ontglippen. Maar hij moest die verdomde bergen over. Het meest nog maakte hij zich zorgen om die Hell's Angel. Die kerel was een spons. Je zag hem nooit ambitieus zuipen, nooit te overhaast, maar hij zoop wel de hele tijd rustig door zonder een teken van dronkenschap te vertonen. Na iedere rit was hij bloednuchter op zijn motor gesprongen en doodleuk terug naar Oostende gereden, als was hij eventjes naar de winkel om biologische groentjes geweest. Geen enkele trui interesseerde hem blijkbaar, dat hele puntengedoe kon hem gestolen worden. Maar het zag er wel naar uit dat hij zo fris als een hoentje, en misschien wel als enige, de Champs Elysées ging oprijden. Als onze Potrel de bergen overwon zag hij een kans om zijn groene trui te behouden en misschien zelfs het geel te veroveren. Dikke Zulma had nog nooit whisky gedronken, nog geen drup in gans haar bezopen bestaan, zelfs niet in een praline. Dus de kans was groot dat zij er in de Pyreneeën werd afgereden. Kurt had indruk gemaakt in het begin, maar sloeg inmiddels al geel uit wegens een heel te gans overbelaste lever. Hij zou het misschien nog kunnen rekken tot aan de voet van de Alpen, maar daarna zou hij in elkaar zakken als hij nog één meter verder reed. Al was ook dat maar een inschatting. Onze Potrel lustte het wel, whisky. Het is te zeggen: hij kreeg het in zijn strot zoals hij gedroogde vijgen en olijven in zijn strot kreeg, maar van harte was het niet.

De zone van de waarheid naderde, de verzonnen bergen kartelden de kim, de cols van tweede en derde categorie stonden te wachten op het spektakel. De rit naar Mourenx, over de toppen van de Aubisque en de Tourmalet. Een vlakke aanloop van drie pilsjes. Daarna een moeilijke zone van zeven glazen wijn. Witte of rode, men mocht kiezen. En dan begon het. Een glas tequila, een duim mezcal, en een halve fles whisky. In de afdaling vier glazen water en een half glas melk om het land te kloten en dan, aankomst bergop: de andere helft van de fles whisky. Al bij al een korte rit, de eerlijkheid gebiedt ons dat te zeggen. Maar wat voor één.

Toen de nog twaalf overblijvers die ochtend de caravan betraden begrepen zij dat de agenda lag opengeslagen op een historische dag. Het hele terrein stonk al heftig naar de zeik en de eau de javel waarmee Jowanneke de wielen van de caravan tevergeefs had proberen te bevrijden van het braaksel. Diezelfde braaklucht hing ook ín de caravan, en de nicotine droop er inmiddels van het plastic plafond. Alle elementen waren in de juiste dosis aanwezig om geschiedenis te schrijven.

Het Idee...

Niemand weet wat onze Potrel die ochtend om tien uur bezield heeft om als een bezetene uit de startblokken te schieten. Tot die dag had hij zijn wedstrijden altijd intelligent ingedeeld. Hij *las* de koers, zoals kenners plegen te zeggen. Maar die ochtend reed hij als een opgefokte hengst de Aubisque op terwijl de andere renners (laten we nog even in de termen van een echte wielerwedstrijd spreken) nog rustig hun banaantjes zaten te pellen. Verlokt door de legende, begeesterd door het Idee. Of had hij zo'n hekel aan die whisky dat hij er niet vlug genoeg vanaf kon zijn? De prachtige koersfiets had hij diezelfde ochtend nog voor een schappelijk prijsje aan een louche ijzerhandelaar verkocht om er zijn ontzaglijke hoeveelheden drank mee te kunnen betalen. Misschien was het wel een ouderwets katholiek schuldgevoel dat hem nu in razende vaart naar de top van de Aubisque dreef, het besef dat het nu werkelijk niet meer geoorloofd zou zijn om zonder zege naar huis weer te keren. Er dreef ongeloof in de ogen van elkeen die dit zag. Het was bovenmenselijk. Het was zodanig bovenmenselijk dat het beestachtig werd. Dit was de alcoholische interpretatie van én Eddy Merckx én Fausto Coppi én Jacques Anquetil én Odile Defraeye én een of ander afgrijselijk monster tegelijk. Hij nam zelfs niet meer de tijd om buiten tegen de wand van de caravan te gaan pissen, zeikte gewoon in zijn broek om geen tijd te verliezen, dook naar beneden en maakte zich klaar om de Tourmalet te bestormen. Een ontketende Potrel. Er werd zelfs geen moeite meer gedaan in het peloton om de achtervolging op deze mefistofelische figuur in te zetten, neen, men nipte gelaten van de whisky en vroeg zich af of die maniak nog een tandje bij zou steken in zijn laatste veertig kilometer.

Het Idee...

Wij zaten thuis naar de verslaggeving van de echte Tour de France te kijken toen er werd aangebeld zonder een enkel spoor van dreiging. Grootmoeder had haar tanden in, allemaal, en dat moet een opluchting zijn geweest voor de politieman die haar de deur zag openmaken.

'Gij weer? Als ge terug vragen hebt over mijn hart: ik leef al meer dan veertig jaar met een ingeplante varkensklep en ik ben daar beter mee af dan ik ooit was met mijn eigen klep. Vooruit, voor wat is het?'

'Goedemiddag, mevrouw. Bent u de moeder van Karel Verhulst?'

Het was waar, soms vergaten we dat, onze Potrel heette Karel, maar we noemden hem al zo lang bij zijn koosnaam die hij ooit eens op een bouwwerf had verworven dat nauwelijks nog iemand wist dat hij eigenlijk Karel heette. Ik had geen nonkel Karel. Ik had een nonkel Potrel.

'Onze Potrel, bedoelt ge?'

'Zou ik even mogen binnenkomen, mevrouw?'

'Zeg het maar aan de deur, meneer, dat zal ook wel lukken. Ik ben binnen aan het dweilen.'

De politieman drong niet langer aan, hij leerde snel.

'Ik moet u spijtig genoeg meedelen dat uw zoon in zeer kritieke toestand is afgevoerd naar het hospitaal.'

'Hebt gij het nu weer over de toestand van mijn jongens. Is er werkelijk niks anders waarmee gijluiden zich kunt bezig houden op het commissariaat? Kritiek, zegt ge? Kritiek? Houd uw kritiek maar voor uw eigen kinderen, als ge die hebt! Kijk eens hier, beste vriend, onze Karel heeft zijn leven gebeterd en is momenteel aan het koersen op zijn vélo.'

'Ik vrees ervoor, mevrouw, uw zoon is een klein uurtje geleden weggebracht met een delirium tremens.'

'Zijt ge daar nu weer met uw Latijn. Dat is altijd hetzelfde met u. Als gij per se Latijn wilt spreken dan moet ge maar sigaren gaan roken met de pastoor, hij zal content zijn van u eens te zien. Keert naar hier maar eens terug als ge mensentaal hebt leren spreken want ik heb geen goesting om nog vijf tellen naar uw gezever te luisteren.'

En ze smeet de deur dicht.

Alleen de allenen

We wisten dat die deurwaarder onze hele inboedel zou onderwerpen aan zijn keurdersoog, en toen hij uiteindelijk zijn blik vestigde op ons televisietoestel, en die blik op ons televisietoestel gevestigd blééf, hadden wij onszelf wel kunnen verminken omdat we zo stom waren geweest die tv niet bij buren of kennissen te hebben verstopt tot wij van dit hele gedoe van schuldvorderingen en dreigementen waren verlost. Onze teevee. Hij ging toch onze teevee niet aanslaan? Toch niet vandaag? Hij nam een slok van de koffie die we hem beleefdheidshalve hadden aangeboden, en we noteerden hoe zijn smoel om suiker smeekte.

'Het is de cichorei, meneer.'

'U zegt?'

'De cichorei. Ik zie dat uw gezicht op scheuren staat omdat u het bittere van onze koffie niet verdraagt. Het is ons moeder, zij kapt altijd een hoop cichorei in de filterzak. Ze heeft de oorlog meegemaakt. Je kent dat. Vroeger tekort gehad en nu... Had u graag een beetje melk bij uw koffie gewenst?'

Vriendelijk zijn, het was het proberen waard. Misschien dat de teevee gered kon worden als we vriendelijk waren en de man melk aanboden, ook al vonden wij het persoonlijk geen enkel fatsoen hebben dat koffie anders gedronken werd dan bitter. Spijtig genoeg voelden wij onze kansen op het behoud van onze televisie behoorlijk slinken toen de melk zuur bleek te zijn, en niet zo'n klein beetje. Het spul was al halvelings iets geworden wat zich nog het best met Oost-Duitse boter liet vergelijken. De deurwaarder spuugde alles terug in zijn tas, en heel even werd ervoor gevreesd dat hij zou gaan braken. Nou ja, medelijden hadden we niet, het was zijn eigen schuld. Hij was het die een maand eerder onze ijskast naar buiten had gesleept, toen om de openstaande drinkschulden van mijn vader te vereffenen. Het was goed dat een deurwaarder eens besefte hoe het was te moeten leven in een huis waar hij was langs geweest.

Dit keer hadden we het bezoek van de deurwaarder te danken aan mijn nonkel Zwaren die ineens maniakaal op de bingokast was beginnen spelen. Hij had natuurlijk gelijk toen hij had ingezien dat je makkelijk geld kan winnen op zo'n kastje, makkelijker dan je het verdiende wanneer je werkte voor een baas. Maar daar staat altijd tegenover dat je nog veel makkelijker geld verliest op hetzelfde kastje, en van kansberekening had onze Zwaren nog nooit gehoord. Hij was, kortom, een beetje naïef geweest te denken dat spelautomaten door altruïsten werden ontworpen en had daarenboven de pech gehad dat de bazin van café De Scheepvaart hem krediet had verleend. Ze had zijn gokkoorts geroken, zijn zwakheden, en wie daar gebruik van maakt is volgens darwinistische schaalmodellen een intelligent wezen. Het straatje waarin onze Zwaren verzeild was geraakt liep dood, hij sloeg aan het gokken om gokschulden af te betalen.

'U gaat onze teevee toch niet meenemen?' vroeg onze Zwaren, want het initiatief moest inderdaad van hem komen, zoveel verwachtten we wel.

'Ik hoef deze teevee niet mee te nemen als u nu onmiddellijk de nog openstaande schulden betaalt. Kan u dat?'

Neen dat kon hij niet. Onze Zwaren was ronduit failliet, zijn moeder hoefde zelfs zijn zakken niet meer op muntstukjes te inspecteren voor ze zijn broeken in haar wasmachine smeet. En er was geen sprake van dat zijn broers of zijn moeder hem het op te hoesten bedrag zouden voorschieten, niet zozeer omdat zij vreesden het geld nooit terug te zien, hoewel dat een reden had kunnen zijn, maar omdat ze allemaal op droog zaad zaten. Het pensioen van mijn grootmoeder was al volledig naar diverse bierbrouwers gedragen.

Onze meubelen zouden bij een openbare verkoop geen hoge bedragen meer halen, daarvoor waren ze al te vaak het ongelukkige mikpunt van een af te reageren frustratie geweest. De stoelen kraakten, de leuningen lagen eraf, in enkele gevallen waren de poten er opnieuw aan vast gelijmd. Wat konden wij de deurwaarder nog meegeven? Het polshorloge dat ik voor mijn plechtige communie had gekregen? Het halskettinkje met de afbeelding van mijn sterrenbeeld dat ik voor mijn plechtige communie had gekregen? Het fototoestel dat ik voor mijn plechtige communie had gekregen? Maar zelfs als daar nog iets voor geboden werd zouden de schulden van onze Zwaren voor nog geen duizendste zijn gedekt geweest. In onze platendraaier was de deurwaarder niet eens geïnteresseerd aangezien de mensheid in die dagen massaal geloofde dat de uitvinding van de cd-speler niet lang meer op zich zou laten wachten, het rommelde van de voorspellingen dat er over luttele tijd nergens nog een speelnaald zou te vinden zijn. Hetzelfde was aan het gebeuren met de linnen linten van een typemachine, waardoor ook onze lawaaierige Remington, nochtans goede marchandise, onaangeroerd zou blijven. De vooruitgang stelde het prima zonder ons. Neen, het zou tussen het televisietoestel en de wasmachine gaan, we mochten van geluk spreken als ze straks niet alle twee het huis uit werden gesleept.

'Werkt die televisie nog goed?' vroeg de deurwaarder. De ramp had haar richting nu definitief gekozen.

'Je gaat onze televisie toch niet meenemen?'

'Heeft u een ander voorstel?'

'Het is niet eens mijn televisie, hij is van ons moeder.'

'Best mogelijk. Maar als u had gewenst dat wij van uw moeder haar spullen bleven, dan had u maar ergens anders moeten wonen. U bent gedomicilieerd op dit adres, dat betekent dat wij hier moeten zijn wanneer u in gebreke blijft. Dat is de wet. En de wet is de wet.'

'Wie zegt dat, dat de wet de wet is?'

De deurwaarder zweeg. Zo was het makkelijk om de slimste te zijn.

'Goed,' probeerde onze Zwaren nog eens, diplomatischer nu, 'maar kun je die teevee morgen niet komen halen? Het zal toch niet aankomen op één dag.'

'Meneer, u heeft al drie keer uitstel van betaling gekregen, en evenzoveel aanmaningsbevelen heeft u genegeerd. De alleruiterste datum heeft u nu ruimschoots overschreden, de grens moet ergens getrokken worden, al bij al zijn wij nog mild geweest. Het spijt me.'

'Het spijt u heel te gans niet! Had het u gespeten dan liet u de televisie staan en daarmee gedaan. Een dag respijt, is dat werkelijk te veel gevraagd?'

'Ik zie niet in wat een dag extra het verschil zou maken.'

'Roy Orbison!'

'Pardon?'

'Roy Orbison. Op teevee. Vanavond is Roy Orbison op teevee, hij zingt weer, na zoveel jaren te zijn gestopt. Kom mij niet zeggen dat gij Roy Orbison niet kent. "Oobie Doobie", "Running Scared", "Mean Woman Blues"... Allemaal van hem. Geloof me op mijn woord meneer, als je had geweten waar Roy Orbison voor stond, dan zou je er geen ogenblik aan twijfelen om die televisie nog één avond te laten staan. Eén avond maar. Zes uurtjes alles bij mekaar.'

We roken een kans. Kansje.

Mijn vader, die zich tot dan toe wijselijk op de achtergrond had gehouden maar een meester was in het timen van zijn inbreng, veerde zich recht, hapte naar adem, en zette de eerste strofe van 'Only the Lonely' in. Nonkel Herman viel in bij de tweede zin. De familie Von Trapp. 'Only the Lonely', nota bene toch een monsterhit geweest, zei de deurwaarder niets, een wereldvreemdheid die hij onmogelijk kon verhalen op het schabouwelijke Engels van mijn vader, die, als hij Engelse liedjes luidkeels meezong, zich meestal beperkte tot de klinkers, die evenwel altijd op de juiste plaats stonden.

Rampenplan drie bestond hieruit dat onze Zwaren over zijn moeder begon.

'Kijk nu eens vijf seconden naar dat mens. Een oude vrouw. Het enige wat ze nog heeft is haar teevee. Die Duitse shows van de zaterdagavond, daar leeft ze een ganse week naartoe. En ze vergeet haar miseries als ze die Australische series bekijkt. Je kan toch niet zo harteloos zijn om die vrouw haar verzetje af te pakken? Of moet ze soms van u naar haar wasmachine kijken elke avond?'

Deurwaarders waren harteloos, het was hun voornaamste aanwervingscriterium geweest: gebrek aan flexibiliteit.

'Het is lelijk dat ik het u moet zeggen, meneer, maar om deurwaarder te worden moet je een gigantische klootzak zijn, anders hou je die job niet vol. Ik ben er zeker van dat uw bazen tevreden zijn van u, proficiat.'

Dat was rampenplan nummer vier, een vijfde was er niet en hoefde ook niet meer. Grootmoeder verscheen uit haar keuken met een emmer en een vod, een representatief standbeeld van haar zou haar zo gedenken.

'Moeder, wat zijt gij van plan, jong?'

'Ik kan die mens toch geen smerige teevee meegeven, het glas hangt vol nicotine. Wat moet hij wel niet denken van ons?'

'Dat is nog het toppunt. Die lul haalt ons kot leeg en gij...'

En zo nam de deurwaarder met een propere teevee afscheid van ons, we waren benieuwd voor hoe lang.

De uitdaging waar onze Zwaren nu voor stond, was in minder dan vijf uur tijd een televisie zien te vinden, zodat wij geen seconde hoefden te missen van de wederopstanding van Roy Orbison. Zwaren zijn voorkeuren situeerden zich meer in zwarte middens, hij hield van zingende negerinnen met mooie benen en borsten die waren gegoten naar de handen van een garagist. Tina Turner was de top, al gaf hij toe dat zij haar betere werk maakte in de periode dat zij regelmatig slaag kreeg van haar man. Het waren vooral zijn broers die Roy aanbaden, hem zodanig op een voetstuk plaatsten dat het voor mij onbegrijpelijk was dat Roy nauwelijks vermeld werd in de obligate lijstjes met de muzikaal absolute hoogtepunten die op het einde van die schreeuwende eeuw, hún eeuw, overal verschenen. Elvis had honderden imitators, maar Roy Orbison viel niet te imiteren. Zo hij de stem had van een operazanger, dan was dat een compliment voor een operazanger. Roy was Roy, niemand kwam in de buurt van zijn stem, einde discussie. En bovendien hielden we van zijn tragiek. Zijn vrouw, Claudette, eerst te moeten verliezen in een motorongeluk, om twee jaar later twee van zijn drie kinderen verteerd te weten door het vuur dat ook zijn huis in de as legde. Een kloteleven, dat was het. Als de mensheid verdeeld zou worden in twee groepen, dan zouden wij ons gegarandeerd in de categorie van Roy Orbison bevinden. Maar wat de zanger onwederroepelijk geliefd maakte was dat hij zijn rouw met zoveel overtuiging droeg dat iedereen het hem vergaf dat hij nadien met een Duitse deerne opnieuw in het huwelijk trad. Hij hulde zich in het zwartste zwart, zonnebril incluis, en zou nooit nog een andere kleur aan zijn leden dulden. Niemand die de man nog kon betrappen op een lach. Zijn carrière slabakte, en het kon niet anders of dat geschiedde onder 's mans eigen impuls. Hij kende Het Gat dat voor eenieder gegraven is. Wij aanvaardden dat het gaapte, Roy sprong erin. Zijn tombade lazen wij als een verlangen naar de gegane geliefde, het moest heerlijk zijn te mogen vallen naar de grond van al uw gedachten. Maar hij herrees. Had hij het levenselixir van de lippen van zijn Duitse Barbara gelikt? Het zou kunnen en hem was het gegund. Onze Barbara moest nog komen. Maar hij herrees en zou opnieuw het podiumhout bestijgen in de Coconut Groove, een keet in LA.

Als mijn vader zijn tijdstabellen naast die van zijn idool legde, dan stelde hij niets dan parallellen vast. De hoogtepunten van de zanger bevonden zich op de piekmomenten van mijn vader, zij waren simultaan de kelders van het leven in gekladerd, en dat Roy nu als het ware opstond uit zijn eigen dood, betekende volgens de logica van de verliezer dat ook mijn vaders keerpunt was bereikt. De symbolische waarde van deze avond trotseerde moeiteloos de troost der grote metaforen. Sinds het gerucht van Roys terugkomst gonsde, spraken wij over de Coconut Groove alsof we er al jaren kind aan huis waren, een mythische plek, een deelbare droom. De Coconut Groove dook dagelijks in onze vertellingen op, nooit te onpas, en die avond zouden wij eindelijk op televisie het bewijs geleverd zien dat Roy Orbison de definitieve ommekeer inzong. Want zijn wending was onze wending, onze topoi waren verbonden, wij geloofden in een voorstelling van de gedachten als een raderwerk. De ene gedachte werd ingezet door de andere. Onze Zwaren kon maar zien dat hij een televisietoestel bemachtigde.

Kroegbazen durfden hun televisietoestel wel eens op de biljarttafel zetten, maar reserveerden dit, goddank, voor de zeldzame keren dat de teevee een sociaal gebeuren kon zijn. Een wielerklassieker, een voetbalkampioenschap. Een optreden van Roy Orbison had een sociaal gebeuren kunnen zijn, tenslotte staken er her en der nog aandoenlijke plakkers van hem in de jukebox, en zolang die singletjes geld opbrachten zouden ze blijven. Maar ze stonden op de kanteling van een tijdperk. Jongere drinkers waren in de ban van andere muziek. Het lag in de mogelijkheid van geen enkele kroegbaas om onze smaak te beledigen, maar hij wou zijn andere gasten niet de deur uit jagen, hij moest aan zijn omzet denken. Dat begrepen we. Wat ons vriendelijk werd uitgelegd begrepen we.

Om zes uur had onze Zwaren nog steeds geen televisietoestel veroverd en om negen uur zou Roy Orbison aan zijn set beginnen. Stipt. Roy Orbison liet zijn publiek niet wachten, pretentie was voorbehouden aan artiesten die dáchten dat ze groot waren. Dat we bij de buren konden kijken was uitgesloten, onze reputatie was dikker dan de muren die ons scheidden. We hadden kunnen kijken naar de onbemande toestellen van vrienden die de avond in de kroeg doorbrachten, maar soort zoekt soort en vrienden waren zij slechts kunnen worden omdat zij min of meer uit hetzelfde hout gesneden waren, dus begrepen zij dat het veiliger was ons niet alleen in een vreemd huis achter te laten. In gezinnen waar vrouwen de scepter zwaaiden over keuken en afstandsbediening zou de avond gesoupeerd worden aan romantische koekendoosfilms, en het eenmalige aanbod om speciaal voor ons een video te programmeren sloegen we af omdat een live-uitzending niet achteraf bekeken diende te worden, ze zou haar magie verliezen.

Eerste nippertjes bestaan niet, en dus was het op het laatste dat onze Zwaren zijn broers gelukkig maakte met de mededeling dat hij een teevee gevonden had.

'Ik zie ik geen teevee. Waar is die teevee?'

'We mogen gaan kijken bij mensen thuis.'

'Bij wie?'

'Ik ken ze niet. Is dat belangrijk?'

'Dat maakt dat gij ergens bij wildvreemden aanbelt en vraagt of we daar naar teevee mogen zien? Fok nu een konijn! Zijt gij niet beschaamd? Dat we nu al gezelschap moeten schooien, het is ver gekomen met ons.'

'Denkt ge dat ik dat doe voor mijn lol, gasten. Jullie wouden Roy Orbison zien, awel, ge kunt Roy Orbison zien. Ondankbare gevallen.'

Met lege handen vreemde huizen betreden hoorde niet tot de geplogenheden, ook niet tot de onze. Maar wat gaf je wat je niet geven kón aan mensen die je niet kende? Wel, we hadden nog een bak bier in de stal staan, dat moest volstaan. En voor de vrouw namen we de sanseveria mee die op de televisie had gestaan. Daarmee was ook ons probleem opgelost om een nieuwe plaats voor de sanseveria te zoeken.

De afspraak die onze Zwaren voor ons had gemaakt vond plaats in de eerste root huizen die je zag als je Reetveerdegem vanuit het westen binnenreed. Koten. Rattenhuizen. Het soort krot dat wij hadden bewoond indien mijn grootmoeder ons geen onderdak had geboden. Nummer 84, het huis dat zich liet opmerken door een schotelantenne op het dak, het bewijs dat er nooit iets te zien was op teevee. Maar vanavond was er wel degelijk iets te zien. Roy Orbison. Live in de Coconut Groove. En dat gingen wij hier meemaken. Vanuit de rattenhuizen van Reetveerdegem.

We hadden eerlijk gezegd een ander type mens verwacht dat in een huis als dit de deur opendeed. Hij droeg een deftig pak, een prachtige snor waar dagelijks snoeiwerk aan was, en glanzend zwart haar. En zijn vel was bruin. Niet bruinbruin, maar bruin. Laat ons zeggen tussen geel en bruin. Het bruin dat je krijgt als je een ganse avond met je gezicht boven een asbak hing waarin niet alle sigaretten waren uitgedoofd. Dat bruin. Afijn, onze Potrel hield het, achteraf, op het bruin van een volwassen fluit.

'Welkom,' zei de man.

Nu begrepen wij wel wat dat betekende, welkom, maar het was een woord dat toch vooral gebruikt werd in boeken en films. Van die films waren we zeker. Feit was dat we zelf dat woord nog nooit hadden uitgesproken, en dat we het nog niemand hadden horen uitspreken. Toch niet in het echt. Misschien hield het in dat we nog nooit ergens echt welkom waren geweest.

'Mijn naam is Sawasj!'

'Sawatte?'

'Sawasj.'

'Sawasj? Wasj, zoals in car-wash?'

‘Ja, zoals in car-wash, haha. En dit is mijn vrouw: Mehti.’

‘Aangenaam.’

Mijn vader reikte onze gastheer en gastvrouw de hand, werd daarin gevolgd door zijn broers. Dit waren dus vreemdelingen. We hadden er al veel over gehoord. Er woonde weliswaar al een koppel Spanjaarden in ons dorp, oude communisten met wie mijn vader ideologische kroegdebatten hield, maar vreemdelingen kon je dat niet noemen. Dit hier was iets anders.

‘Wij zijn van Iran.’

‘Iran? Serieus? Iran gisteren nog op televisie.’

Iran was elke dag op televisie. Maar waar het exact lag wisten we niet. Het enige probleem waar we nu mee zaten opgescheept was onze taal. Die mensen praatten nog maar net een mondje Nederlands, in zekere zin beter dan wijzelf. Hun Nederlands was proper. Om niet te zeggen: Hollands. Nu zouden wij zelf accentloos moeten praten, en ons moeten beperken tot enkele eenvoudige woorden per zin.

‘Jij Roy Orbison kennen?’ vroeg onze Herman.

‘Neen. Is hij van België?’

‘Neen. Roy Orbison Amerikaanse zanger zijn. Texaanse zanger zijn in feite. “Only the Lonely” grote hit van hem. Alleen de allenen. Vrouw dood in ongeluk. Boem. Kinderen dood in brand. Krak. Vwoef. Snappie? Nu Roy weer zingen. Straks op teevee. Om negen uur. Jij dan aanzetten dank u?’

We keken rond. Op tafel lagen woordenboeken, Engelse en Belgische kranten, en dichtbundels.

‘Gij gestudeerde man zijn? Poëzie lezen amai.’

‘Ik leer gedichten vanbuiten, om het ritme van het Nederlands in mij op te nemen.’

‘Ritme opnemen?’

De vrouw moest lachen. Mekka smolt.

'Gij gedichtje opzeggen, meneer Sawasj?'

Zin had hij er niet in, dat was duidelijk, maar zijn integratie stond op het spel. Hij keek naar zijn vrouw, zijn vrouw naar hem. Toen zei ze: 'Ik zal er eentje declameren. Eén strofe.' Ze verloste haar man uit zijn leed, zo'n vrouw moest wel uit het buitenland komen.

Ze kuchte, krabde zich, en begon. 'Onder water zijn alle lege flessen vol... De stilte verblijft er geluidloos als in een oud kasteel achter glas... Als een gedroogd viooltje in een woordenboek.'

We applaudisseerden als beesten. Onze Potrel floot op zijn vingers. En we genoten van de blos die haar wangen overwoekerde. Dat wisten we dan ook weer, dat bruine mensen blozen konden.

'Zeer schoon zijn', zei onze Herman. 'Jij goed lezen. Schoon. Schoon. Ik diep gepakt vanbinnen. Jij mogen lezen op mijn begrafenis.'

'Onder water zijn alle lege flessen vol; hoe komen ze erop.' Mijn vader zou nog regelmatig aan die zin terugdenken.

Misschien moesten we onze geschenkjes maar eens overhandigen, mijn vader bleef daar maar met die bak bier tussen zijn benen in de zetel zitten.

'Euh, wij pintje bier meegebracht. Wij toch niet met lege handen komen. Jullie pintje bier mogen drinken van godsdienst?' De zin was nog niet volledig uitgesproken of er stonden al glazen op tafel.

'Jij niet glazen moeten vuilmaken. Wij uit flesje drinken. Is echt Belgisch, very typisch, uit flesje drinken.'

We klonken. Op Iran. Op België. En op Roy Orbison die over tien minuten met een gongslag de terugkeer van het geluk zou inluiden. Daarna overhandigden we de sanseveria aan mevrouw, de volgorde had inderdaad omgekeerd moeten zijn maar ja. Mehti nam ze dankbaar aan, repeteerde een aantal maal het woord sanseveria, zodanig dat we ineens zelf doorhadden dat het nog niet eens zo'n lelijk woord was, en ze voegde eraan toe dat ze blij waren dat er eindelijk Belgen bij hen over de vloer kwamen. Het vlotte niet om contact te krijgen met de mensen.

'Gewoon naar café komen. Jij direct contact krijgen. Café De Volkskring. Jij je inschrijven voor biljartclub. Ik jou leren biljarten en drinken. En jij direct vrienden.'

'Hoe laat is het?' vroeg mijn pa. Hij wist hoe laat het was, maar hij had het onbeleefd gevonden gewoon te zeggen dat het hoog tijd was om de teevee aan te zetten.

'Ook zonder jou werd het negen uur,' zei Sawasj.

'Wat?'

'Het is een dichtregel die ik vanbuiten heb geleerd. Ik vind hem mooi.'

'Geef mij toch maar die volle flessen.'

Het programma was al begonnen, maar het podium was nog leeg. De camera zoomde in op het ongedurige publiek, en soms zodanig lang op een enkel gezicht dat het wel van een beroemd iemand moest zijn. Maar wij kenden hem alleszins niet, en Sawasj ook niet. De mensen zaten neer aan tafeltjes vol champagne-emmers, maar wij hadden het ook gezellig met onze bak bier. Achter de gordijnen werden gitaren gestemd, het ogenblik was nabij.

'Mag die teevee een beetje luider?' vroeg onze Potrel, en zonder het antwoord af te wachten zette hij hem op het hoogst mogelijke volume.

'De buren!' zei Mehti. Afijn, ze moest het roepen.

'Jij tegen buren zeggen Potrel uw beste vriend zijn. Buren zullen Potrel wel kennen. Zeg maar tegen buren als ze lastig doen Potrel eens op hun bakkes slaan. Zij wel weten hoe laat het zijn.'

Dat was dan ook geregeld.

De bandleden verschenen op het podium en het had er ineens alles naar dat de geschiedenis zich een tweede en betere kans veroorloofde, want Roy Orbison had niets of niemand minder dan Elvis Presley zijn begeleidingsband in zijn rug. Niet dat we iets tegen Elvis hadden. Elvis was, tja, wat was hij? Iets groots. Dat alleszins. Maar Roy Orbison was groter. Toen kwamen de violisten, in het zwart gekleed, en allemaal met een replica van die legendarische zonnebril op hun snoet. Jongens, hier hing elektriciteit in de lucht.

'Is dat Roy Orbison?' vroeg Mehti.

'Gij niet goed zijn zeker. Dat is James Burton. De gitarist van Elvis geweest.'

'Ah, Elvis. One for the money and two for the show.'

Typisch, Elvis kenden ze natuurlijk wel.

'De liedjes van Elvis Presley zijn vertaald naar het Soemerisch,' probeerde Sawasj ons te belasten met onbenullige kennis. Ze gingen hier toch niet over Elvis beginnen, of over woestijntalen? Nog een paar seconden en Roy Orbison zou verschijnen. De frontmuzikanten traden in het voetlicht: Bruce Springsteen, Tom Waits, k.d. lang, Elvis Costello, Bonnie Raitt, Jackson Browne, Jennifer Warnes, noem maar op, de hele winkel was daar.

'Is dat soms Roy Orbison?' Sawasj nu.

'Maar nee dat is Roy Orbison niet. Dat is Bruce Springsteen. Ik zal het u wel zeggen als Roy Orbison daar is. Geduld, Sawasj, geduld. Alles op zijn tijd.'

En die tijd was aangebroken. Roy stapte het podium op, gooide de riem van zijn gitaar over zijn kop, en gaf een vriendelijke maar kordate knik aan het publiek. Hij was het echt. Ze hadden ons niets wijsgemaakt. Roy Orbison was waarlijk opgestaan, hallelujah. We veerden op uit de zetel, net zoals het publiek op de televisie uit zijn makkelijke stoelen deed, en gaven de man een overweldigend applaus waarvan we even zeker waren dat hij het horen kon.

'Is dat hier de gewoonte?' wou Sawasj weten. Maar Sawasj moest nu echt zijn muil houden.

'Dat is dus Roy Orbison!' zei Mehti. 'Een oude man.'

Het achtergrondkoortje, aangevoerd door k.d. lang, opende met de als magistraal te beschouwen zin 'Dam dam dam doebiewoe wa', en Roy viel in met 'only the lonely'. We waren vertrokken. Vele jaren hadden we onverdroten zijn platen beluisterd, maar nooit eerder hadden we de man die epische liedjes zelf zien zingen. Nu was het zover. En het viel ons meteen op dat Roy nauwelijks zijn mond opende. Alleszins niet genoeg opdat men met zekerheid kon stellen dat er tanden in zaten. Het was een mirakel, hij haalde octaven uit zijn klankkast waarbij ieder ander mens zijn mond tot scheurens toe had moeten openen, maar hij scheen daar geen enkele moeite mee te hebben. De hoogste do, die had hij zomaar uit zijn neus te peuteren. Bovendien stond hij niet aanstellerig met zijn heupen te wiegen, slingerde hij de microfoon niet boven zijn hoofd als was het een lasso. Neen. Hij stond daar. Sober. Zich bewust van het feit dat hij bij leven en welzijn reeds een standbeeld was. En dan die kleren! Een cowboyhemd met lintjes aan de mouwen. Iedereen had zich daar belachelijk mee gemaakt, maar niet Roy Orbison. Hij vernederde de New Wavers die tegenwoordig als paddenstoelen uit de grond schoten en met hun zwarte kledij en hun carnavaleske mascara alle aandacht naar hun leegheid trokken. Het zwart kreeg een andere dimensie bij Roy Orbison. Hij was de enige New Waver ter wereld, en speelde rock-'n-roll. Daar moest op gedronken worden.

Eindelijk konden wij Mehti en Sawasj het ware gelaat van de Belgen tonen toen wij in hun zetel stonden te springen en van dolle vreugde de kussens naar het plafond wierpen, en onze Potrel op tafel danste met een stoel die hij innig omarmde. Wat zij voor een naar binnen gekeerd, nors volk hadden gehouden, stond nu in hun woonkamer het meubilair opzij te zetten om te dansen. Ik zag dat mijn vader al een beeldje beethad en ermee door de kamer op wandel was, onze Herman had een schilderij van de muur gehaald en had daar evenzeer een uitstekende danspartner aan.

'Hey, Mehti, doet men niet aan buikdansen in Iran? Toe, Mehti, dans eens buik voor ons, we hebben dat nog nooit in het echt gezien!' En voor we hierover iets dieper hadden nagedacht stonden we te zingen: 'We want Mehti for a striptease on the floor.'

Inderdaad, het was reeds voelbaar, de terugkeer van Roy Orbison had de geschiedenis doen kantelen, er zat niets anders op dan ons voor te bereiden op een lange periode van intens geluk. Ook de muzikanten op het podium leken zich daarvan bewust te zijn. Bruce Springsteen glunderde. Niet dat Bruce Springsteen Bruce Springsteen was maakte Bruce Springsteen gelukkig, wel dat hij gelegenheidsmuzikant van Roy Orbison mocht zijn had zijn ware kinderwens in vervulling gebracht. Hetzelfde zag je bij de andere muzikanten. Tom Waits maakte spastische bewegingen boven zijn orgeltje, zijn hoofd bevond zich ter hoogte van zijn voeten en je had de indruk dat men het volume van zijn instrument had afgezet omdat hij voortdurend de verkeerde akkoorden aansloeg, buiten de maat bovendien. Een groot ettertje echter was Elvis Costello, die mens zijn muil konden we simpelweg niet uitstaan, vanuit het gunstigste perspectief kon hij nog doorgaan voor een irritante student Economie en aan zijn pseudo-intellectuele uitstraling hadden we geen boodschap. Maar voorts waren er geen klachten. Dit was een optreden waarvan er maar twee of drie per eeuw gegeven worden. Elvis Costello weg en het had een optreden geweest waarvan er maar één per eeuw gegeven wordt.

Acht nummers lang had Mehti voor het voortbestaan van haar bloempotten gevreesd en toen zette Roy het meesterwerk 'In Dreams' in, een lied dat ons het verhaal vertelt van een geliefde die er niet meer is, nergens, tenzij in onze dromen, hetgeen ontwaken er niet plezanter op maakt. Dat lied was er te veel aan. Toch voor mijn vader die zoveel epische schoonheid niet verdroeg. Hij liet zijn kop in de kussens van de zetel vallen en begon te janken. Onze Herman heeft het ons gastgezin uitgelegd. 'Pie treurig zijn. Laat hem maar. Pie zijn vrouw is al een tijdje weg. Dada. Zijn vrouw weg met een ander, een hoer zijn. Verstaat u? Zijn vrouw neukieneukie doen met andere man.' En om zeker te zijn dat iedereen het verstond beeldde onze Herman zijn woorden uit in eenvoudige en voor de hand liggende bewegingen.

Het hielp niet dat Mehti hem troostte, om niet te zeggen dat zulks de zaken er alleen maar op verergerde, een zachte vrouwenhand op je schouder te voelen. Onze Potrel heeft nog een kleine poging ondernomen om mijn vader weer op te beuren ('ge gaat hier toch niet gans de avond liggen janken omdat die vuile slet op dit moment ligt te krijsen onder een ander') maar er was geen beginnen aan. Op de koop toe was het volgende lied 'Crying', nog zo'n tranenmelker van kaliber. Ze hebben hem laten liggen, mijn nonkels, en dansten verder op tafel toen 'Candyman' het optreden weer naar een vrolijke en meer swingende kant stuwde. Ondertussen zat Sawasj ook al op de bank naast mijn vader, zeggend dat hij wist wat gemis was, dat hij zelf een moeder in Iran had achtergelaten, en heel even werd ervoor gevreesd dat ze daar met hun tweeën zouden zitten snotteren.

Mijn vader weende nóg toen het optreden afgelopen was, en hij bleef het doen terwijl we hem naar huis sleepten, onze vrienden-Iraniërs bedankend en om vergeving vragend voor het ongemak. We beloofden dat we die omvergedanste vaas spoedig zouden komen betalen en wij meenden het, hoezeer ze er ook op aandrongen dat dit niet nodig was. Maar Roy Orbison was weergekeerd, het geluk wenkte, de toekomst kwam ons daadwerkelijk toe.

Het nieuwe liefje van mijn pa

Onze aandacht voor vrouwenlichamen bleef een constante, maar de klemtoon kende seizoenen, zoals de meeste dingen in het leven. De periode waarin we maniakaal de borsten bekeken en quoteerden had lang standgehouden, maar had uiteindelijk toch baan weten te ruimen voor de onvermijdelijke fase van het achterwerk, waarin onze voorkeuren fundamenteel verschilden, hetgeen meer ruimte liet voor debat. Toen een ons onbekende vrouw voor de deur stond en in beschaafd Vlaams naar mijn vader vroeg, bevonden wij ons op de middaghoogte van een periode waarin wij de binnenkant van damesbillen met grote zorg taxeerden en waardeerden, waardoor wij het dubbel zo erg apprecieerden dat het zomer was en dit vrouwmens een hemels korte rok droeg.

Nochtans, veel heeft het niet gescheeld of deze verschijning hadden wij moeten missen omdat grootmoeder Maria meteen na het gerinkel van de deurbel zei dat het vast wel weer de gendarmen of de Getuigen van Jehova zouden zijn.

Het was onze Potrel die alsnog de deur had opengemaakt en die als eerste zijn blik had laten afdwalen naar het stukje textiel dat er trouwens de reden van was waarom wij gaarne Italiaanse films bekeken. Dat hij van tussen zijn tanden een fluitsignaal liet ontsnappen telkens wanneer hij een ferm stuk vlees zag wisten wij al.

'Awel Protje, als gij van de Getuigen van Jehova zijt, dan bekeer ik mij meteen. Zeg eens, waar moet ik mij inschrijven?'

'Is het hier dat Pierre Verhulst woont?'

'Onze Pie? Moet gij onze Pie hebben? Kom binnen!'

Wij waren het wel gewoon dat er vrouwen op onze dorpel stonden, en meestal hoefden we hen niet eens te vragen voor wie van onze mannen zij kwamen. Wij kenden elkanders types. Onze Potrel oefende een bijzondere aantrekkingskracht uit op sloeries van wie het niet anders zijn kon dan dat zij er stiekem van genoten mep te krijgen van een vent. Meestal ging het om sletjes op naaldhakken, verzuipend in een bodylotion met de geur van hondenshampoo. Ze rookten bijna altijd Marlboro Light met zuinige en ooit eens voor een spiegel ingestudeerde trekjes, hadden ingevallen kaakbeenderen en een neus die een hoek van meer dan vijfenveertig graden maakte. Ze lakten hun nagels in het mauve en hadden weinig goeds voorspellende namen als Chantal, Nadine, Wendy, of Cindy. Spaghetti konden ze koken en ze hadden de reputatie het alfabet te kennen. Vaak ging het om meisjes die hij 's weekends had opgeraapt in danskot De Patrijs, en omdat ik thuis het bed deelde met onze Potrel en hij vele van zijn veroveringen mee naar huis bracht, zijn deze types mij het best gekend in al hun gênante details.

Totaal verschillend was de buit van onze Herman. Hij wakkerde met zijn aangeboren melancholie en zijn triestige tronie de moederinstincten in de vrouwen aan. Vrouwen die zich over hem ontfermden, aanvankelijk met veel geduld, en die er steevast in geloofden hem op het rechte en immer verlichte pad der deugdelijkheid te krijgen. Moedig. Maar ze waren lelijk zonder pardon. Ze hadden paardengebitten die vuistslagen overleefden, uitpuilende ogen, Habsburgse kinnen, en karakters die smerige teven nu eenmaal met de eksters delen.

Ze hadden een schelle stem en allemaal dachten ze zich beter te kunnen voordoen dan ons omdat ze links of rechts een diploma boekhouding hadden verworven en al eens een computer van nabij hadden gezien. De tragedie van onze Herman was dat hij al zijn veroveringen had gehuwd en bezwangerd, wat hem een smak onderhoudsgeld kostte. En dat al die krengen het hem nadien via de rechtbank beletten zijn kinderen te zien. We hadden er best begrip voor dat vrouwen onze levensstijl afkeurden, maar dan mochten ze wel de beleefdheid hebben om niet eerst met ons te trouwen.

Het liefst deed ik de deur open voor de vrouwen die voor onze Zwaren kwamen. Prachtige vrouwen op wie ik in het geniep verliefd was. Er zat verstand in bovendien, waardoor ze hem na een poos dan ook verlieten. Op een uitzondering na hadden ze reeds kinderen van een ander en gebruikten ze hem als springplank naar een echtscheiding of een nieuw leven. Ze waren ros, of zwart, hadden een lach waarin een gebrek aan levensbeschouwing lag, en kwamen van overal in Europa. Soms heetten ze Vandenbroeck met hun achternaam, dan weer Angelowsky, maar een zekere klasse hadden ze allemaal, zodanig dat ik hoopte dat die dames het lang genoeg in onze familie zouden uitzingen tot ik voldoende oud was om ze van deze nonkel af te snoepen en de muilperen te incasseren die ik in dat geval zeker krijgen zou.

Maar de vrouw die hier nu voor de deur stond en naar mijn vader vroeg was een stoot. Een hoger opgeleide stoot, want ze droeg een lederen koffertje bij zich en had een modieus brilletje waarvoor er vast een markt van fetisjisten moest bestaan. Misschien werkte ze bij de bank, of zat ze in de advocatuur. Terwijl mijn vader op het gebied van vrouwen een meer dan walgelijke, haast geperverteerde smaak had, met een lichte voorkeur voor in vodden gehulde poetsvrouwen en oude en bedronken cafébazinnen. Sinds zijn echtscheiding had hij zich maar één keer met een lief in het openbaar vertoond, een misbaksel van een mens, een plaatsvervangster van mijn moeder. Ik was beschaamd in hem, maar daar is toen zodanig door zijn naaste omgeving op gereageerd dat hij zijn amoureuze escapades voortaan voor zichzelf hield. Dat was uiteindelijk het beste voor iedereen, voor mij niet in het minst. En nu stond daar dat wondere ding op onze stoep naar hem te vragen. Men begrijpt onze verbazing. Onze Potrel liet het vrouwmens binnen en zag geamuseerd vanachter haar rug hoe ook onze Herman ondertussen al bezig was zijn blik tussen haar benen te wringen. De rok was alleszins kort genoeg, verlossing moest mogelijk zijn, en wij zouden waarschijnlijk van onze honger kunnen worden bevrijd als dit creatuur maar gauw op een stoel ging zitten.

'Ga gerust zitten,' zei onze Potrel, 'ik roep onze Pie voor u.'

'Een bak bier voor wie het eerst haar onderbroek ziet,' zei onze Herman stilletjes.

'Twee bakken,' repliceerde onze Zwaren.

'Awel, 't is afgesproken, twee bakken.'

Onze Potrel zijn maag was nog maar net leeggepompt, maar hij had toch eerder aan drie bakken gedacht.

Het was moeilijk een stoel te vinden voor dit mens. De meeste van onze stoelen stonden op instorten en waren volkomen onbetrouwbaar geworden sinds mijn vader ze in een bezopen furie tegen de muur had gemept. Maar dat konden we nu niet gaan vertellen, die kant van mijn pa moest ze spoedig zelf maar gaan ontdekken, dat plezier mochten we haar niet ontnemen. Uiteindelijk lieten wij haar plaatsnemen aan een hoek van de salontafel, zodat ze een tafelpoot tussen haar benen had en deze lichtjes diende te spreiden om comfortabel te zitten. Wij bleven zitten in de keuken, op een veilige afstand, en keurden deze figuur die het trouwens ook niet slecht zou hebben gedaan indien we ons nog in onze periode van de borstenfascinatie hadden bevonden. We zaten niet meer, we *lagen* op onze stoel, meegesleept door de inzet van drie bakken bier.

Hoewel we er op dat ogenblik niet naar keken stond de televisie aan. Stond onze spiksplinternieuwe televisie aan, afbetalingstermijn drie jaar. Onze televisie stond omzeggens altijd aan, de open haard van de armen van geest. BBC 2. Darts. Dikke Britten met putten in hun gezicht die vanachter een gerooide boomstam drie pijltjes naar de one hundred and eighty mikten. Daarnaar te kijken, of niet naar te kijken maar het te ondergaan, had iets zen-achtigs. Zo ook snooker, waar we soms bij insliepen om drie uur 's nachts.

'Kijken jullie hier vaak naar?' vroeg de dame.

Op dat ogenblik keken wij natuurlijk naar iets anders, naar de one hundred and eighty van een vrouw.

'Hoe meer hoe liever,' zei onze Herman.

'Dat is om ons Engels te onderhouden,' probeerde onze Zwaren de situatie weer recht te trekken. En ze barstten in lachen uit, er niet bij stilstaand dat ze hiermee hun rotste tanden openbaarden.

Ondertussen was onze Potrel terug uit onze slaapkamer. 'Ik krijg hem niet wakker! Ik zal over vijf minuutjes nog eens proberen.'

'Ik wacht wel,' zei ze, 'ik heb tijd.'

Niet dat het nieuws was, maar mijn vader lag nog niet zo bijzonder lang in zijn beddenbak. Wij hadden hem allemaal horen thuiskomen die ochtend. Wij hadden hem horen pissen in de wasbak, ondertussen puttend uit het oeuvre van Nina Simone, Julio Iglesias en Roy Orbison. Wij hadden hem vervolgens van de trap horen stuiken, fotolijsten meesleurend in zijn val. Gevolgd door een kletterende vloek, prachtige coïonaden gericht aan het adres van mijn moeder en enkele liberale politici. Daarna was hij in een oorlog verwikkeld geraakt met zijn schoenveters, en toen hij uiteindelijk na veel labeur zijn naar een ganse tabaksplantage muffende kleren uit had heeft hij het raam aan de straatkant opengemaakt en is hij daar in zijn blote piezeloeter luidkeels de Internationale beginnen zingen in, volgens hem, het Russisch. Wellicht liefdevol denkend aan Marx en Lenin, en tollend in zijn hoofd, is hij in slaap gerold. Een kleine vijf uur geleden moest dat toen zijn.

'Koffie, mevrouw?'

Ze moest niets.

'Iets anders? Iets fris? Pintje bier misschien? Met dit warme weer?'

Dat ze niets moest.

'Ook een profijtige, gij.'

Onze Potrel, met een fluisterstem, tegen mij: 'Als dat binnenkort uw nieuwe moeder wordt, jongen, dan zal het voor u nog zeer moeilijk worden om daar met uw vingertjes af te blijven.' En hij hief een bil op.

'Zeg Potrel, rotte bok, ga uw scheten op een ander laten, makker.'

'Maar ik heb geen scheet gelaten, zeveraar.'

‘Neen zeker? Wat riek ik dan, peinst ge?’

‘Dat is uw neusbeen dat aan het rotten is.’

...Nieuwe moeder? Zo had ik het nog niet bekeken. Zou die mogelijkheid daar dan zijn, dat mijn vader zijn karretje weer aan een ander haakte, en dat wij samen met deze vrouw gingen samenhokken? Iemand die ons kleedde, die zei dat groene kousen werkelijk geen dingen zijn onder een rode broek? Iemand waarvoor mijn vader na zijn werkuren de kortste weg naar huis nam, waarmee wij samen op reis zouden gaan voor twee weken naar de Ardennen, waar we dan een chalet betrokken en kiekjes schoten en een kajak huurden en wandelingen maakten in kleurrijke regenjekkers? Zou zij ’s avonds informeren naar mijn schoolse bezigheden, mij eventueel assisteren in het maken van mijn huistaken zodat ik wie weet, wie weet, alsnog aanvaardbare cijfers haalde en mijn veilige vooruitzicht op eeuwige werkloosheid en luilakkerij verspeelde? We zouden weer onze tanden gaan poetsen, onze onderbroeken in de wasmand deponeren en niet ergens laten rondslingeren tot een grootmoeder die toevallig langs onze stank passeerde ze opraapte en de strontstrepen met een puimsteen uit de poriën van het katoen schrobde. We zouden onze rekeningen gaan betalen, de meeste daarvan zelfs tijdig, en misschien toch een dweil in onze handen pakken als we naast of op de wc-bril hadden gezeikt, onze sigarettenpeuken van het tapijt rapen, geurvreters in onze schoenen leggen.

‘Misschien moogt ge wel samen met haar in bad.’

Het mens zat daar, onwel van de blikken die we op haar afvuurden en van de tafelpoot tussen haar benen, waardoor het nog moeilijker werd voor haar zich een houding aan te meten. Natuurlijk zag zij ons konkelfoezen, speculeren, en toen wij ons daar een beetje bewust van werden en begrepen dat het voor deze vrouw een pak aangenamer zou zijn indien wij haar in onze gesprekken betrokken, nam onze Herman het voortouw en richtte zich tot haar.

'Mevrouw, zit die tafelpoot niet te veel in de weg?'

'Excuseer?'

'Die tafelpoot? Zit hij niet in de weg?'

'O! Die! Neen, dank u.'

'Voor mij zit hij anders wel enorm in de weg.' (Bwoe-hahaha)

Goede bedoelingen, dat was iets waarin men steeds bleef steken. Maar gevoel voor humor had ze blijkbaar toch niet, daar moest nog aan gesleuteld worden. We konden er vergif op inslikken dat wij de zenuwen van die vrouw aan het overbelasten waren, en amuseerden ons nu al bij de gedachte dat mijn vader zich straks mocht gaan verantwoorden voor het vettige gedrag van zijn broers. Want zijn bloed was het onze, dat zou zij ook weten, ze had vast ook wel eens een biologieles gekregen. En hij zou zich moeten uitsloven en zeggen: 'Mijn broers, ja maar, dat zijn varkens, liefje, ik ben een gans andere.'

'Ben jij misschien Dimmetrie?' vroeg ze ineens, naar we aannamen uit verveling.

'Ikke? Euh, ja.'

'Ik heb al veel over jou horen vertellen.'

Het idee dat mijn vader tegen een kersvers lief over zijn zoon zat te vertellen was om van te janken. Medelijden moest je hebben met iemand die een kind als ballast had mee te zeulen en die altijd opnieuw een vrouw moest inlichten over de stommiteit die hij had begaan ooit een kind te hebben gemaakt met een del, en dat hij zijn kansen op een nieuwe relatie zag vernauwen tot een tandspleet omdat zo'n vrouw er zelden het joch van een ander bij wou nemen.

'Hoe oud ben jij?'

'Ikke? Euh...'

Dertien. Ik was dertien en woonde samen met mijn vader en mijn nonkels en hun oude moeder in Reetveerdegem, een dorp dat werd vergeten door de grote cartografen, een onooglijke negorij van duivensport en motregen.

Onze Potrel voelde de conversatie afglijden naar ergens waar weinig vermaak te rapen viel, gelijk had hij, en ondernam nog een poging om mijn vader wakker te krijgen. Tot de moeilijkste dingen die je in dit ondermaanse kon doen behoorde zonder enige twijfel het wekken van mijn vader, en ik was dolgelukkig dat onze Potrel het deze keer aandurfde. Hij schreeuwde van vanonder aan de trap, omdat dertien treden te veel waren om te beklimmen, zo twee keer na elkaar op korte tijd.

'Pie, sta eens op jong, er zit hier een mokkel voor u aan tafel.'

'Hé?'

'Dat er hier een mokkel voor u aan de tafel zit.'

'Een mokkel? Hoe noemt ze?'

Onze Potrel, tegen de vrouw: 'Hoe noemt gij?'

'Nele Fockedey!'

'Noemt zo!'

Onze Herman, een nog brandende stomp sigaret zoekend onder de tafel: 'Fuck a day, yeah, yeah.'

Onze Potrel weer, naar boven: 'Pie, ze noemt Nele Fuckaday!'

'Onnozelaar. Maak dat de ganzen wijs. Laat mij slapen.'

'Maar serieus, Nele Fuckaday, ze zit hier al een uur zonder iets te drinken.'

'Hoe ziet ze eruit?'

'Niet slecht. Ge kunt er nog geld aan verdienen volgens mij.'

'Daar word ik niet wijzer van. Hoe ziet ze eruit vraag ik u?'

'Bruin haar. Hoop en al een kilo of zestig. Ze draagt een brilletje. Aan haar kuiten te zien jogt ze af en toe. Er hangt tamelijk wat tiet aan ook.'

Onze Herman, vanonder tafel kruipend met zijn stomp sigaret: 'En voeg eraan toe dat ze een witte onderbroek aanheeft!'

'Gij klootzak, zijt ge het zeker? Shit, dat zijn drie bakken bier godverdomme.'

Mijn vader weer. 'Is het dat mens van eergisterenavond?'

'Mevrouw, zijt gij dat mens van eergisterenavond?'

Mevrouw zweeg.

'Pie, ze wil niet antwoorden op die vraag.'

'Ik heb haar gezegd dat ze mij gerust moest laten.'

'Mevrouw, onze Pie zegt dat ge hem gerust moet laten.'

Maar de mevrouw bleef zitten zoals ze zat, onverstoorbaar, een karakter.

'Hey, Pie, ze blijft zitten. Komt naar beneden jong en lost dat hier zelf op!'

'Ze is godverdomme toch niet zwanger?'

'Kan het mij wat schelen. Als ge wilt weten of ze zwanger is moet ge uit uw nest kruipen en het haar zelf vragen, ik moei er mij niet meer mee.'

'Wacht. Ik kom.'

'Mevrouw, hij komt direct.'

Direct was veel gezegd. Voor we hem in slechts zijn onderbroek en zijn grijze posthemd in de woonkamer zagen verschijnen, had mijn vader eerst een tiental minuten boven een zakdoek gehangen waarin hij de groene slierten rochelde die ook ik vandaag helaas steeds vaker met een diepe doodsverachting ophoest na het ontwaken. Maar het gekerm waarmee mijn vader iedere ochtend de sporen van teer uit zijn longen kotste, ook die dag, en de braakgeluiden waarmee hij zijn matinees begon, benader ik nog in de verste verte niet.

Zonder iemand een blik te gunnen liep hij naar de wc, om er rechtstaand te pissen op een halve meter van de pot met de deur open en vergezeld van een pijnlijke grimas met één hand drukkend op zijn ribbenkast alsof hij een nier zat uit te knijpen. Dan pas keerde hij terug naar de woonkamer, nog steeds in zijn onderbroek, waarop hij inmiddels had gelekt, stak een sigaret op, en vroeg: 'Waar is dat vrouwmens nu voor mij?'

We wezen in de richting van de salontafel.

'Maar ik ken dat vrouwmens niet. Zijn jullie met mijn kloten aan het rammelen of hoe zit dat hier?'

De dame stond eindelijk recht, liep op mijn vader af, reikte hem de hand en zei: 'Meneer Verhulst, ik ben Nele Fockedey van de Dienst Bijzondere Jeugdzorg, en kom even kijken naar de omgeving en de omstandigheden waarin uw zoon wordt opgevoed.'

Met mijn opvoeding was uiteraard niets mis, waar haalde dat kreng de onbeschoftheid vandaan om zich te moeien? Dat zij hier in opdracht was van de jeugdrechtbank maakte de complottheorieën alleen maar erger. De Dienst Bijzondere Jeugdzorg werd alleen maar ingeschakeld als de rottigheid tot op hun fardes was gelekt. Als wij ooit te weten kwamen wie er zijn beklag was gaan doen over ons gezin, nou ja gezin, dan kon de klikspaan maar beter maken dat hij het land verliet. Bijzondere Jeugdzorg, fok zeg, die namen je kinderen af, onze Herman wist daar alles van. Ze stopten jouw grut godverdenondedommemiljaardenondedju in een pleeggezin of in een gezinsvervangend pensionaat en veroordeelden jou voor laksheid en halve kindermishandeling.

Godverdegodverdomme.

Miljaardenonde.

Het mens liep door onze woning, notuleerde secuur wat ze zag. In de slaapkamer aanschouwde ze de asbakken, de nachtemmers die we vergeten waren uit te gieten, de berg kleren. En ook het product tegen schaamluizen op het nachtkastje moet haar niet ontgaan zijn. Alsook de flessen onder het bed.

'Slaapt die jongen hier?'

'Waar zou hij anders moeten slapen? Heeft u soms de gewoonte om uw kinderen in het kolenkot te leggen misschien?'

'Waar studeert hij?'

Ik studeerde niet, maar doen alsof deed ik aan de keukentafel. 'Is daar iets mis mee?'

Onze Potrel moffelde nog gauw een damesslipje weg.

'Waarom verblijft dit kind niet bij de moeder?'

'Dat moet je hem zelf vragen, madam!'

'Zou jij niet liever bij je mama wonen?'

Ik zweeg.

'Vertel eens iets over je moeder!'

Ik zweeg.

'Zijn moeder is een hoer, madam!'

'Ik vraag het aan die jongen, niet aan u!'

'Mijn moeder is een hoer, mevrouw.'

Iets over mijn moeder, mevrouw?

Zoals anderen trots wapperen met de perskaart die ze net bemachtigd hebben, of zoals kinderen het erf oplopen met een goed rapport in hun hand dat daar als een vaandel de eeuwige vakantie salueert, zo kwam mijn moeder op een dag zo fier als een gieter aangewaggeld met haar plaspas. Er was een hele administratieve rompslomp aan voorafgegaan, doktersbezoeken en onderzoeken met koude stangen en staven in de holen van mijn prehistorie, maar eindelijk had ze hem, haar plaspas, en hij werd meteen op de schouw geplaatst, naast de doodsprentjes en De Heilige Maagd Maria onder haar elke vrijdag opnieuw afgestofte kaasstolp.

Een plaspas geeft de bezitter ervan het recht in het openbaar te wateren waar en wanneer die dat wil, en wordt slechts om medische redenen uitgereikt. Het was een mooie pas, een beetje te vergelijken met een betaalkaart, al dan niet toevallig geel, met naam, adres, geboortedatum, handtekening en foto van de eigenaar erop. Er was onze familie maar één foto bekend waarop mijn moeder lachte, en die stond op haar plaspas. Ze is er speciaal voor naar de fotograaf gehold, niet zonder eerst de kapper en de tandarts te hebben bezocht. Ook haar snorretje moest er die dag aan geloven.

Dat ontsnorren van mijn moeder was altijd een heel gedoe en had veel weg van een of andere godsdienstige ritus in een land waar ik nooit geraken zal, geraken wil. Ze warmde was op in een grote ketel op de stoof, tot die soepel genoeg was, smeerde de was vervolgens op een lapje en legde dat lapje dan tussen neus en bovenlip. Daar bleef het lapje zo'n dikke twintig minuten hangen, tot de was helemaal tot aan de wortels van haar snorharen gedrongen en gestold was. De bedoeling was om de snor met één gewelddadige ruk aan het lapje uit haar vel te snokken, wat uiteraard een helse pijn veroorzaakte en moed vereiste. En net daar knelde het schoentje. Mijn moeder zag het niet zitten zichzelf te pijnigen. Het is meer dan eens gebeurd dat zij een ganse dag met dat lapje onder haar neus bleef lopen, er zelfs boodschappen mee ging doen, want schaamte kende ze niet, het enige waar ze beschaamd in was dat was haar zoon, tot ze voldoende moed bij elkaar geraapt had om die snor uit haar portret te rukken. Niet zelden deed ze daarvoor een beroep op mij. Beseffende dat zij geen masochist was vroeg ze mij, tenslotte was ik me toch maar een luiwammes en wist ik nooit wat gedaan als moeder mij geen werk gaf, om dat lapje meedogenloos uit haar vel te trekken. Ik mocht niet twijfelen, niet nadenken, gewoon dat lapje keihard van haar smoel sleuren moest ik. En dat deed ik dan. Graag. Zij was haar snor kwijt en ik had mij kunnen afreageren, iedereen tevreden, het was een mes dat heerlijk aan twee kanten sneed. Het is deels ook mijn verdienste dat mijn moeder snorloos en tevreden op haar plaspas stond.

Alles wat mijn moeder ongelukkig maakte had met mij te maken, soms heel rechtstreeks. Ook dat zij op een dag plots natte stoelen achterliet en tot haar eigen verbazing soms in vochtige sokken stond, was mijn schuld. Toen ik geboren werd moet ik het haar naar het schijnt knap lastig hebben gemaakt. Ongewenster nog dan de zwangerschap moet de bevalling zijn geweest, die ik dagen zou hebben laten aanslepen, vastberaden geboren te worden na mijn eigen vervaldatum, ware het niet dat een chirurg de schaar in mijn moeder zette en mij via een ander, en ruimer gat ter wereld bracht. Maar de schade die ik de gynaecologische huishouding van mijn moeder heb toegebracht was enorm, catastrofaal zeg maar. Ik heb haar tijdens mijn geboorte voor mijn eigen vader compleet onaantrekkelijk gemaakt, ben daar een paar ingewanden beginnen verhuizen naar een andere plaats, (als je ergens negen maanden woont experimenteert een mens al eens graag met de inrichting van zijn living, wat mij betreft is dat de normaalste zaak op aard), en hielp haar urinewegen voorgoed naar de verdoemenis.

Wat zij aanvankelijk nog een 'kou op haar blaas' noemde, bleek dus niets anders dan incontinentie, zij het in een nog prille fase.

Mijn moeder kon mij zeer verwijtend aankijken wanneer zij weer op de keukenvloer stond te pissen.

Het laatste wat mijn vader heeft geïnstalleerd voor hij haar verliet was een afvoerputje in het midden van de woonkamer. Hij was bijzonder handig.

In haar portefeuille verving mijn moeder de foto van mijn vader door haar plaspas, zodat ze hem steeds bij de hand had in gevallen van nood.

Mijn moeder was een gierig mens dat ieder potje mosterd, en ieder bokaaltje van elke zure haring in de vaat stopte en bewaarde voor mocht ze ooit eens een glazen potje nodig hebben. Onze kelder puilde uit van de glazen potjes, het was onmogelijk dat die voorraad in één mensenleven gevuld kon worden met bijvoorbeeld confituur. En moeder zou zelfs niet één potje vullen met confituur, want zelfgemaakte confituur was duurder dan confituur uit de fabriek, zodat ze de fabriekseconfituur kocht en ze weer glazen bokaaltjes om af te wassen en te bewaren had. Het was iets wat tussen een hobby en een ziekte hing. Als er een oorlog zou uitbreken zaten we tenminste niet om een glazen potje verlegen, die zekerheid hadden we. Maar gierigheid dringt door tot alle facetten van een moederleven, ook haar plaspas zette ze in haar strijd tegen de verspilling in. We konden geen bus opstappen of ze vroeg aan de chauffeur of ze met een plaspas kon genieten van een korting. Elke mogelijke kaart werd aan de ingang van bioscoop of theaterzaal naar boven gehaald, en de plaskaart was haar troef, iets waar de mensen zich geen raad mee wisten, zodat ze soms korting gaven om van mijn moeders gezeur verlost te zijn. Zij was zo iemand die van het verkrijgen van reductie een sport maakte, een levensstijl, en kon maar pas helemaal gelukkig zijn indien zij een studerende gehandicapte bejaarde was. Dat moest voor mijn moeder het ultieme zijn, mismaakt te zijn ter waarde van drie cumuleerbare kortingen, en het is waarschijnlijk de enige wensdroom van haar die ik graag had vervuld gezien.

Waren wij toevallig op de baan naar hier of daar, en voelde zij weer haar water tegen de gebarsten stuwdam van haar sluitspieren beuken, dan hield ze een sanitaire stop in een tankstation. Voor ze een plaskaart had was daar geen sprake van, want in die tankstations moest je steeds betalen voor het gebruik van het sanitair, waardoor zij mij voor de eerste de beste struik langs de kant van de weg posteerde en ik moest gillen wanneer er iemand naderde. Wanneer ze dan gedaan had met plassen en haar hele winkel met enkele grassprieten had schoon gevaagd, moest ik alle dennennaalden uit haar kapsel plukken. Maar met een plaskaart mag je gratis op de pot van eender welk etablissement, en hoewel het telkens maar om een habbekrats ging, haalde mijn moeder toch haar kaart boven. Haar abonnement van de zeikersbond, had mijn vader nog gezegd. Gebrek aan tact volgens de een, gevoel voor humor volgens mij, die man. Liever dan een muntje uit te geven deed moeder de toiletdame het hele verhaal van haar door mij aan stukken gescheurde lijf, terwijl het verlengde van haar wijsvinger mijn buik in tweeën sneed.

Ik haatte haar, en nam mij voor om weg te lopen.

Ergens in de verdragen van de rechten van het kind zou wel een paragraaf zijn opgenomen waarin in moeilijke bewoordingen melding werd gemaakt van het feit dat de minderjarige dient te worden beschermd tegen krengen van moeders. Vodden van moeders. Monsters van moeders. Loeders van moeders. Moeders. Ik maakte me sterk dat mij een prachtige toekomst in een gezinsvervangend tehuis te wachten stond. Al kon ik ook naar mijn vader gaan, en er blijven. In elk geval: gedaan met op school papieren bloemstukjes te maken voor moederdag, ik had mijn laatste origamipapiertje voor dat serpent gevouwen.

Ons jaarlijkse daguitstapje naar zee leek mij het ideale moment om mijn plan uit te voeren.

Aan het strand van Oostende, op een zomerse dag. Terwijl ze op haar buik lag te braden en dacht dat ik mij dicht bij het water onledig hield met het verzamelen van schelpjes zou ik de benen nemen. Tegen de tijd dat zij een licht vermoeden kreeg van mijn smartelijke verdrinkingsdood zat ik allang bij mijn vader of in een pleeggezin.

Maar om een reden die ik nooit kunnen achterhalen heb

wou mijn moeder dat jaar alleen haar voorkant laten bruinen. Een bruine rug, dat is waar, je hebt daar zelf niet veel aan als je voor de spiegel staat, en moeder zat rechtop in het zand met haar twee priemen en een bol grijze wol een zoveelste lelijke pullover voor mij te breien, zodat ze mij voortdurend in de gaten kon houden en kon ingrijpen als ik uit beeld verdween.

Twee zandkastelen die wel de Moren maar niet de eb konden bedwingen had ik gebouwd, toen moeder me wenkte. Ze moest pissen.

'Pist hier!' zei ik, 'er is geen mens die dat ziet.' Ik wou met mijn spade al een kuiltje in het zand graven maar haar handafdruk op mijn wang bracht mij tot bedaren. Dus liep ik met haar mee tot op de dijk, waar weliswaar openbare toiletten waren, maar waar er tevens zoveel wachtenden waren dat ik begreep dat een zoveelste publieke vernedering mij wachtte. En jawel hoor, moeder begon met haar plaskaart te zwaaien en riep voor gans de kustboulevard:

'Hallo, excuseer, even allemaal uw aandacht iedereen, ik heb een plaskaart, ik heb het recht om voorgelaten te worden.'

En ik die daar noodgedwongen aan de hand van mijn moeder hing. De aarde spleet niet, ik kon nergens in verzinken. We sleurden ons door de zoveelste schaamte heen.

Alhoewel. Recht geschiedde. Geen enkele kustbezoeker annex toiletbezoeker zette daar een stap voor haar opzij. Er klonk wat gemor en geknor, een madammeke-wij-staan-hier-ook-al-een-half-uur-onze-billen-tegen-mekaar-te-knijpen. Hadden ze toen van mij een foto genomen, dan had ik er ook één bezeten waarop ik lachte.

'Wat nu?' vroeg ze.

'Pist in de zee!' zei ik.

'In de zee?'

Waar dacht dat mens eigenlijk dat al onze riolen uiteindelijk hun vuiligheid kwijtraakten?

Moeder zette haar badmuts met de behangpapiermotiefjes op, voelde herhaalde malen met haar dikke teen de temperatuur van het water, en stapte de zee in. Dit was mijn kans om weg te lopen. En ik greep ze.

Het laatste wat ik van mijn moeder zag was dat ze met het water tot onder haar kin, met dichtgeknepen ogen, en met haar linkerarm haar plaspas hoog in de lucht houdend, haar bijdrage tot de onmetelijke leegten van de zeeën leverde.

De pelgrim

We bevonden ons op het snijpunt van twee gebeurtenissen, volgens bepaalde literaire eminenties de plaats waar De Grote Verhalen zich dienen te situeren, en hebben ons op de achterbank van de tweedehandse witte Alfa Romeo van onze Potrel een fractie van een seconde afgevraagd hoe die twee gebeurtenissen elkaar hadden veranderd tijdens hun onwaarschijnlijke botsing. Twee feiten, die op zichzelf stonden, maar die griezelig exact getimed elkaars aanwezigheid zochten, zodat men zich kon afvragen of zij elkaar niet op de een of andere manier hadden uitgelokt, of zij niet tezamen deel uitmaakten van wat ik nu benoem: het complot van het lot.

We: dat waren mijn vader, onze Herman, onze Potrel en ik.

En de gebeurtenissen die op een zaterdag in maart elkaar zo indrukwekkend sneden waren deze: op het ogenblik dat mijn vader op het punt stond zich aan te melden voor een ontwenningskuur in de daarin gespecialiseerde en in onze kringen zeer beruchte kliniek De Pelgrim, op het ogenblik dat hij al zijn twijfels leek overboord te kieperen en het portier van de Alfa Romeo opengooide om zonder nadenken binnen te gaan in het ijzige gebouw waar men hem maanden en maanden van de alcohol zou houden, op het ogenblik dat wij een laatste maal aan mijn vader vroegen of hij wel zeker was van zijn beslissing en hij antwoordde 'Ja!', op dat ogenblik, niet eerder en niet later, sprong een moedeloze patiënt uit een raam van de derde etage van ontwenningskliniek De Pelgrim.

Met gespreide armen en benen, het aangezicht manmoedig gericht naar de grond die het overige werk zou doen.

Door niets had de beslissing van mijn vader zich laten aankondigen. Hij was laat ontwaakt, had zich bij ons aan tafel gevoegd en gezegd: 'Jullie moeten me vandaag wegbrengen naar de ontwenningskliniek. Ik kan niet meer.'

Van de gedachten weten we dat ze 's nachts komen, in bed, en we vermoedden dat mijn vader uit zijn slaap was gehouden door een immense doodsangst. Dat hij de pijnen in zijn ingewanden had gevoeld, zijn lever, zijn maag, zijn borst. En dat hij, alleen met zichzelf, zijn dappere omgang met de aftakeling verloor. Ons leek het niet uitgesloten dat hij zijn drijfnatte handen had gelikt, om benauwd vast te stellen dat hij de alcohol was beginnen uitzweten, dat zijn lichaam zich met al dat vocht simpelweg geen raad meer wist en het langs alle mogelijke gaten en poriën spuide. Mijn vader had de smaak van bier aangenomen, helemaal, en ook zijn oksels roken er al naar. Misschien had hij er eerder al bij stilgestaan dat zijn oogwit geler was geworden, zijn gewicht gestaag kelderde. De kist van een drinker is zelden een zware last om te dragen, begrafenisondernemers torsen hen liever dan anderen, en wijzelf zouden ons in de familie veel geld hebben uitgespaard indien wij voor de uitvaart van onze lijken per kilogram mochten betalen. Dacht hij die nacht aan de maden die verzot waren op de smakelijker gistende kadavers van gestorven dronkaards, en die de grond van ons kerkhof van een zodanige kwaliteit maakten dat de gravers er met succes tijdens hun werkuren worteltjes en spinazie teelden tussen de vervallen en vergeten zerken van een vorige generatie kettingdrinkers?

Hij kon niet meer. We hebben hem zwijgzaam en ongelovig aangekeken, zoals we het zelfs allang niet meer deden bij rokers die met veel aplomb beweerden definitief te breken met de kankerstok, en die we 's anderendaags op zwiergeveerde schreden weer de zuipknijp zagen betreden met een zware sigaar tussen de tanden.

Onverschillig bijna aanhoorden we zijn beslissing, die van geen enkele waarde was. Een bevlieging, dat was het, de eenvoudige reactie van een hypochonder op een veel te korte nacht met vlagen van doodsangst in een klam bed. De ernst van zijn besluit zou helemaal onderuit gehaald worden bij de aanblik van een frisse pint. Onze duivel. Mensen geloofden in god, maar de duivel geloofde tenminste nog in ons. We moesten hem onderhouden, die duivel, en mijn vader zou dat zeker weer gaan doen zodra hij was bekomen van zijn doemgedachten. Wij moesten wachten tot de dorst de kop opstak en hij de volkomen ontoereikendheid van water gewaar zou worden. Nu nog kon hij niet meer. Nu nog wou hij niet meer. Nog even.

Hij beefde, en kreeg zijn aansteker niet eens naar zijn mond gebracht. Ik stak zijn sigaret aan, zoog het vuur erin, en gaf ze hem. Bij zijn eerste diepe trek scheurde het vloeipapier van zijn filterloze St. Michel, en na drie keer rochelen hing de tabak nog steeds in natte draden aan zijn onderlip. Een onbeholpen kind was het, dat daar door zijn zoon de tabak van zijn onderlip liet plukken, en meer en meer drong het tot ons door dat hij inderdaad niet meer verder kon. Hij was kapot, er waren kosten aan, deze mens moest worden binnengedaan voor een groot onderhoud.

'Zijt ge zeker, Pie?'

Nooit meer drinken, nooit, nooit, nooit. Maar dan echt ook

nooit. Dat afgrijselijke woord nooit. Never. Jamais. Nie. Jamás.

Dat meende hij toch niet?

Maar hij greep de telefoongids, zocht het nummer van de ontwenningskliniek op, en belde met de vraag of hij vandaag nog kon worden opgenomen. Het was zaterdag, kreeg hij te horen, ze hadden te kampen met plaatsgebrek, men deed alleen maar de deur open voor noodgevallen. 'Ik ben een noodgeval!' snauwde mijn vader, en wij zagen dat er geen enkele diplomatie of tactiek aan deze uitspraak gelegen was. Hij mocht komen. Om vijf uur die zaterdagnamiddag mocht mijn vader zich laten opnemen in de in onze kringen zeer beruchte ontwenningskliniek De Pelgrim te Scheldewindeke. Er bolde een sympathiek traantje over de wang van zijn moeder, en ze knuffelde mijn pa zo lang dat al wie dit zag er ongemakkelijk van werd.

'Het is goed,' zei onze Potrel die net zijn rijbewijs had en ergens, god mocht weten waar, het geld had gevonden om zich meteen een tweedehandse Alfa Romeo aan te schaffen: 'Als gij dat echt wilt, dan breng ik u.'

'Ik ga mee,' zei onze Herman.

En zo kreeg het wegbrengen van mijn vader naar de ontwenningskliniek nog alles van een uitstap.

In zijn knalrode sporttas moffelde hij enkele onderbroeken en kousen, propere hemden, sigaretten en een trainingsbroek of twee. Aftershave was verboden omdat er alcohol in zat, het zou niet de eerste keer zijn dat iemand een fles Keuls water opendeed om te vieren dat er niets te vieren viel. Hij leek er klaar voor te zijn en wij vertrokken. Hij zou een gans ander mens zijn wanneer hij de volgende keer opnieuw dit huis betrad, en wij zouden ons best moeten doen om hem nog te herkennen.

De weg van Reetveerdegem naar Scheldewindeke was lang, lelijk vooral, maar bezaaid met dranklokalen. Wij waren nog maar net om de hoek verdwenen, als mongolen in een busje wuivend naar mijn overgelukkige grootmoeder, toen mijn vader al zijn plan kenbaar maakte om zich nog één keer compleet te barsten te zuipen. De laatste keer. Echt de laatste keer en daarna nooit, nooit, nooit meer. Puur voor het symbool, het ritueel, zouden we iedere kroeg tussen Reetveerdegem en Scheldewindeke vereren met een bezoek, en daar voelden mijn nonkels wel wat voor. Alle beschaving is zoek wanneer de rituelen niet meer worden gerespecteerd. Het voorstel dat mijn vader hen daar deed, moet hen in zekere zin tevreden hebben gestemd. Want als mijn vader al het inzicht had om zich van de drank te laten helpen, dan zou dat spoedig ook van hen kunnen worden verwacht. Daarom deed het hen deugd te zien hoe gulzig mijn vader die middag zijn snor in het bierschuim plantte, was het een opluchting de glans in zijn ogen te noteren telkens wanneer hij het gele vocht in zijn strot kieperde aan een tempo dat men als een sportieve prestatie zou kunnen bestempelen. Tien kroegen en dubbel zoveel glazen later leek geen van mijn nonkels noch mijn vader zich nog te herinneren wat de aanleiding van dit uitje was geweest. Dit was gewoon de gezellige zaterdag die men doorbracht, rijdende van het ene café naar het andere. Een soort van pelgrimstocht. In café Den Blauwen Bajou was er zelfs ruimte voor een partijtje biljart en ergens in Wetteren waren we zo welwillig om het gewenste spelersaantal voor een rondje vogelpik te vervolledigen. Alles als vanouds.

Half vijf was het toen er in café De Statie opeens gevochten moest worden om een discussie af te ronden en onze Potrel zijn verantwoordelijkheden wou nemen, maar dat mijn vader zei: 'Gasten, het is half vijf, we moeten eens.'

Hij meende het. Zijn laatste glas bier had hij zonder enige vorm van theatraliteit gedronken, wij hadden niet eens gezien dát hij het gedronken had, laat staan dat we een foto hadden kunnen nemen van dit historische moment. Vader met zijn glas. Altijd grappig als portret voor op zijn graf, later.

Natuurlijk, liever was onze Potrel nog even in de kroeg gebleven om er het gevecht te leveren dat hij nota bene zelf had uitgelokt, en we moesten de schaamte ondergaan lafaards te worden genoemd toen we de benen namen wanneer de uitgedaagde kolos zijn jasje uitdeed om onze Potrel te lijf te gaan. Je deed dat niet, het afbollen wanneer er geknokt moest worden. Wij deden dat niet. Wij lieten zomaar een kans liggen om onze naam en reputatie definitief te vestigen in Wetteren, stapten verongelijkt de wagen in, en reden mijn vader zonder nog een woord met elkaar te wisselen naar Scheldewindeke, waar we om tien voor vijf de parking van de ontwenningskliniek opreden.

PSYCHIATRISCHE KLINIEK DE PELGRIM stond er.

'Is het hier, Pie?'

'Hier is het!'

'Maar da's een psychiatrische kliniek, dat is voor de zotten, jong.'

'Ik zeg u dat het hier is, godverdomme, geloof mij nu toch eens!'

We gaapten naar het immense gebouw dat ooit een klooster moest zijn geweest, of een internaat. In ieder geval voldeed het aan de architecturale voorschriften voor een plek waar men met een enorme doeltreffendheid ongelukkig wordt gemaakt.

Slonzige vrouwen, sjofel geklede kinderen, magere mannen

in trainingspakken en aanverwante individuen verlieten de rechtervleugel van het gebouw en salueerden naar de ramen op de bovenste verdiepingen, waarachter zielige figuren de wuivende handjes beantwoordden met een lach van slappe lippen en tanden van mat glas. Blijkbaar was het bezoekuur ten einde. De komende weken zou het mijn vader zijn die daar voor een raam een slap handje stond te zwaaien. En wij zouden het zijn die hem in een bezoekersruimte vol jengelend grut en zoemende frisdrankautomaten, in de walm van duizend sigaretten vroegen naar de successen die hij reeds als kleurloze geheelonthouder had geboekt. Wij zouden het zijn die hem opgezwollen vonden, verdikt in zijn gezicht, en deden alsof we hem geloofden als hij zei gelukkig te zijn eindelijk van die vuiligheid in zijn lijf te zijn verlost. Verre van belangrijk maar altijd goed om weten: het tafereel van weer naar huis vertrekkende bezoekers dat zich daar voor onze neus afspeelde, en van die weer vereenzaamde patiënten die de rest van hun vertellingen moesten sparen tot het de week nadien nog eens bezoekuur was, was van een schrijnendheid waarvan iedere eeuw haar getal moet hebben.

'Zijt ge zeker, Pie, dat gij hier binnen wilt? We kunnen nog altijd terug.'

Onze Herman toverde een fles goedkope jenever vanonder zijn passagierszetel en gaf die aan mijn pa. 'Hier jong, pakt nog een slok voor ge binnengaat. De laatste. Om het af te leren.'

De fles ging rond, verbond onze gedachten, die we niet grepen, maar zomaar lieten zweven naast al die andere gedachten die we al jaren lieten zweven in ons hoofd.

'Ge weet toch wat ze hier met u gaan doen, Pie? Straks gaan ze met van die rubberen vaatwashandschoenen staan peuteren in uw gat. Met hun vinger gaan ze heel diep koteren in uw hol om te voelen of ge niks naar binnen hebt gesmokkeld.'

'Ja, Pie. En dan steken ze u drie dagen lang in een veel te klein kot, in quarantaine. Ze pompen u vol pillen en binden u met riemen vast aan een bed. Want vanaf morgen begint ge af te kicken, zo noemen die mannen dat, afkicken, en dan gaat ge beestjes zien lopen op de kast terwijl er misschien niet eens een kast staat in die kamer. En ge gaat roepen, en tieren, schoppen en slaan, en zij gaan u laten liggen tot ge vanzelf weer gekalmeerd zijt en goesting krijgt in een doodgewone boterham.'

'Zijt ge zeker, Pie, dat ge hier naar binnen wilt? Want na drie dagen gaat ge een kamertje voor uzelf krijgen. Een heel klein kamertje waar ge dan een poster moogt ophangen om u thuis te kunnen voelen. En ze gaan spelletjes met u spelen, precies alsof ge weer een klein kind zijt. Voetbal en softbal en verstoppertje. En elke avond een quiz. Nu eens over filmsterren en dan weer over de hoofdsteden van de wereld.'

'Ja, Pie, en soms gaan ze u een verfkwast in uw handen steken en moogt ge stoelen of zoiets vernissen. Ergotherapie, zo noemen die mannen dat. Alles in dat gebouw is therapie. Ze gaan u luid uw naam laten roepen, om u uw zelfvertrouwen terug te laten krijgen. Zo noemen die mannen dat, zelfvertrouwen. En gij gaat daar staan in dat kamertje van zo'n psycholoog. "Pierre, Pierre, Pierre" gaat ge roepen. Gij gaat daar godverdomme luidkeels uw eigen naam staan roepen om te bewijzen dat gij uzelf graag ziet, en het strafste van al is dat gij uzelf niet eens belachelijk zult mogen voelen terwijl ge dat doet. Zijt ge zeker, Pie, dat gij daar binnen wilt?'

'Juist. En het zal pas na drie maanden zijn, Pie, na drie maanden zeg ik u, dat gij voor het eerst terug naar huis zult mogen komen. Voor twee onnozele dagen. En tijdens die twee dagen zult ge geen drup mogen aanraken of ze binden u weer aan dat ijzeren bedje vast met weer diezelfde riemen, en steken ze weer die rubberen vingers in uw gat en begint gans de cinema opnieuw. Tot ge geen bier meer kunt zien. Tot ge geen bier meer kunt ruiken. Tot ge begint te kotsen als ge het woord bier nog maar hoort. Denkt gij dat gij dat zult kunnen, Pie, kotsen als gij het woord bier hoort?'

'Zijt ge zeker, Pie? Wilt gij dit echt doen, jongen?'

'Ja,' zei hij, en hij greep zijn sporttasje met zijn weinige spullen en gooide het portier van de wagen open, klaar voor de grootste uitdaging die een mens zichzelf kan opleggen.

Daar gebeurde het dus. Daar sneden de twee gebeurtenissen elkaar.

Het leven van de man die zich van de derde verdieping naar beneden wierp konden wij wel bedenken, en zijn hopeloosheid sloeg om in vastberadenheid toen hij met het aangezicht naar de grond, de ogen open, de armen en benen gespreid, en zonder een kreet te slaken, het beton van de parking raakte. De golf van spasmen die nog door zijn lichaam trok was niet meer dan een stuiptrek, en zo moe moet de man het leven zijn geweest, dat ook deze stuiptrek zich niet langer volhield dan één afgemeten seconde. Ook hij moest hier ooit zijn binnengekomen met de strijdlust om te leven zonder een verslaving. En gaandeweg zal hij gemerkt hebben dat het niet ging, dat zijn hele wezen in de loop der jaren was samengevallen met de drank, met de dope, of met wat dan ook, en dat hij niet meer zonder kon. Dat hij niet meer kon leven in het zuivere lichaam dat hij sinds zijn prille kindertijd niet meer had bewoond, een lichaam dat zich zijn gast amper nog herinnerde. Daarom lag hij daar nu, en liep er een straaltje bloed uit zijn oor.

Ook door mijn vader moet op dat ogenblik deze gedachte zijn gegaan.

We keken elkander aan, hij had de klink van het portier nog in zijn hand.

'Zorg goed voor onzen Dimmetrie tijdens mijn afwezigheid. Beloofd?'

En weg ging hij. Een nietig mannetje met een rood sporttasje vol versleten onderbroeken en kousen van verschillende paren die niet meer konden worden samengesteld verdween door de grote poort waarvan hij voor minstens drie maanden de buitenkant niet zou zien. Het grote, ijzige gebouw slokte hem op. Straks moest hij vriendjes maken.

'We gaan brieven schrijven, Pie. Lange brieven.' Maar die leugen hoorde hij niet meer.

Ondertussen waren er allerlei mensen naar buiten gehold, recht op het nog warme lijk af. Het was er niet aan te zien of het verslaafden of dokters waren, en dat schonk ons een grote vrede met onszelf. Het plaatsgebrek was hier in ieder geval weer tijdelijk opgelost, en het was zeer goed mogelijk dat mijn vader na zijn quarantaine het kamertje zou krijgen waaruit deze man zojuist gesprongen was. Tja. The beat goes on.

'Wat nu?' vroeg onze Herman, aangedaan.

'Terug naar Wetteren,' beval onze Potrel. 'Naar café De Statie, we hebben daar nog met iemand een eitje te pellen.'

De verzamelaar

‘Mijn vader heeft gezegd dat ik niet meer met jou mag spelen,’ bekende Franky op een dag waarop mijn levensvisie weer een beetje meer gestalte kreeg.

Spelen? Het woord alleen al.

Franky was de enige en waarschijnlijk ook welgekomen zoon van een van die gezinnen die in Reetveerdegem de laatste gronden opkochten en ze volbouwden met de villa’s die in die tijd als norm voor het geluk golden. Bakstenen dozen met een oprijlaantje dat naar de garage leidde. Al deze symmetrische huizen hadden een haag waarachter ze hun levens voor ons zo veel als mogelijk verborgen hielden en die ze ’s zomers friseerden in hun hang naar orde. De brievenbussen stonden op een kleine wandelafstand van de voordeur, nu eens diende de postbode de pakjes te droppen in een tonnetje dat door een nudistische engel werd vastgehouden, een ander huis beschikte dan weer over een constructie die een postbode eerder voor een kunstwerk dan voor een brievenbus hield, waardoor hij de kranten gewoon aan de deur legde. Ze hadden honden waarin ze zoveel vertrouwen stelden dat ze alarmsystemen plaatsten aan hun gevel. In hun tuinen van gemillimeterd gazon pronkten ze met gemetselde barbecues, enkelingen hadden een vijvertje met goudvissen en een fonteintje; een vijvertje dat overigens was afgespannen met draad uit angst dat hun kinderen erin zouden vallen en verzuipen. ’s Zaterdags gingen de eigenaars van al deze weelde met een tuinslang hun wagen te lijf of demonstreerden ze het geluid van hun grasmaaiers. Achteraan beschikten ze tevens over een veranda waarin je, als het goed weer was en de haag weer kort geföhnd, een vrouw de strijk zag doen terwijl ze naar de televisie keek.

Het waren ontwortelde families, ergens geboren en nergens getogen. Met Reetveerdegem hadden zij geen enkele binding, wensten zij overigens geen enkele binding; dat zij hier komen wonen waren had uitsluitend te maken met de nog beschikbare gronden die in de steden schaarser en duurder waren geworden. Zij hebben zich geen enkele maal aan ons voorgesteld als zijnde onze nieuwe buren, bezochten onze feesten noch onze kroegen, namen nergens aan deel. Ze bleven weg van onze kermissen, zetten hun geld veilig op de bank en dropten het niet, als wij, in de spaarkas van het café tot we voldoende bij elkaar gepot hadden om de opbrengst op een veel te korte avond in één keer te verbrassen. Je zag hen bedenkelijk naar ons kijken wanneer wij geheel traditioneel bezopen wederkeerden van een kaatswedstrijd, of angstig naar binnen hollen wanneer wij onze overspelige vrouwen in het kruis trapten of een deel van het meubilair op de straatstenen keilden. Maar had men over ons een televisieserie gemaakt, dan zouden zij daar wel geamuseerd naar gekeken hebben.

'En hoe komt het?'

'Hoe komt wát?'

'Wel, hoe komt het dat je niet met mij gezien mag worden?'

'Je vader is zot. Hij zit in een psychiatrische instelling.'

'En mijn moeder is een hoer, Franky. Heeft je pappie dat er niet bij verteld? Mijn moeder is een hoer en ik ben haar hoerenzoon die ze op straat heeft gesmeten. Je vader kent de helft van het verhaal nog niet.'

'Hij zei dat jullie mindere mensen waren. Zwakkelingen. Als jullie slag niet kunstmatig in leven werd gehouden door een hoop sociale voorzieningen, dan zouden jullie reeds lang zijn weggerot. In de natuur zouden jullie geen enkele kans maken, daar zouden sterkere soorten jullie hebben opgeruimd om het evenwicht te bewaren. De Verhulsten zuipen. De Verhulsten vechten en bekruipen de ploerten van de gemeente. De Verhulsten profiteren en parasiteren. Je moet niet kwaad zijn op mij, het is mijn vader die dat beweert, ik niet.'

Kwaad was ik niet. Kon het mij wat schelen dat ik met hem niet meer gezien mocht worden. Eigenlijk was dat Franky zijn probleem, niet het mijne. Hij was een kleurloze figuur. Niet stom voor iemand die bij nader inzien toch ook van een aap afstamt, dat niet, maar er zat niks in die jongen. Hij had geen karakter, geen goed en geen slecht. Als ik me niet vergiste was ik zowat de enige van zijn leeftijd die hem zo nu en dan opzocht. Van Franky zou niets in huis komen, dat zag ik zo. Hij zou op sociaal gebied helemaal destabiliseren, zich in computers of zoiets gaan specialiseren, en wegkwijnen zonder de echte zegeningen van de eenzaamheid te hebben gekend. Eigenlijk was hij daar al een tijdje mee bezig, vond ik. Van voetbal had hij geen verstand, en van wielrennen zag hij al helemaal het grootse niet in. Zaten wij buiten op de stoep en passeerden er de altijd net iets te oude meisjes, dan merkte hij niet eens het verschil tussen een gat en een kont met wereldklasse. Muziek kon hem niet boeien, lezen deed hij niet, van sigaretten vond hij dat je daar dood aan ging, met die kerel kon je gewoon niets aanvangen. Het enige waarmee hij zijn verblijf op aard scheen door te komen was, nogal typisch, zijn verzameling.

Wellicht zijn over dit onderwerp al vele studies verschenen en het staat mij vaaglijk voor de geest dat er reeds eerder werd geschreven dat verzamelaars graag macht hebben. Het zijn labiele mensen die, omdat ze het leven niet beheersen, ter compensatie graag een collectie van het een of het ander beheersen, het liefst zo veel mogelijk. Het doet er niet toe wat ze verzamelen. Dat kunnen postzegels of bierviltjes zijn, sigarenbandjes of legerhelmen. En dat ze geen enkele affiniteit hebben met het ding dat ze verzamelen maakt zelfs een wezenlijk kenmerk uit van de verzamelaar. Mijn nonkel Potrel bijvoorbeeld, nu het onderwerp dan toch wordt aangeraakt, verzamelde schaamhaar. Maar er is geen enkele grond van waarheid waarop men beweren kan dat mijn nonkel Potrel een verzamelaar was. Daarvoor was zijn persoonlijke band met het object te groot. Hij knipte gewoon een kleine pluk weg bij de meisjes met wie hij het had gedaan, kleefde die in een album en noteerde onder de veroverde lok de naam van het meisje alsook de datum van de knipbeurt. En dat was dat. Het kwam gewoon niet in onze Potrel op om opeens schaamhaar te gaan ruilen met andere verzamelaars van schaamhaar, omdat hij in dat geval simpelweg geen band meer zou gehad hebben met zijn collectie. Je kan hem een souvenirjager noemen, een zelfvoldane en megalomane ontwerper van zijn eigen jachttrofeeën, maar nooit een verzamelaar. Want als je onze Potrel een verzamelaar zou noemen, dan moet je van postzegelverzamelaars verwachten dat ze uitsluitend postzegels zouden verzamelen die waren gekleefd op brieven die aan hen geadresseerd waren. Verzamelaars van sigarenbandjes zouden in dat geval uitsluitend de bandjes bezitten van sigaren die ze zelf hebben gerookt. Je zou nooit voldoende macht kunnen verwerven over een bepaald object indien je er een persoonlijke band mee moest hebben, ieder object moet onderling inwisselbaar zijn en er moeten duplicaten van bestaan om ermee te kunnen leuren op ruilbeurzen.

Franky verzamelde treintjes van het merk Märklin. Volstrekt onorigineel, maar ook dat is eigen aan een verzamelaar. Hij moet zich kunnen meten met andere verzamelaars. Er zijn ontelbaar veel objecten maar alle werkelijke verzamelingen zijn terug te brengen tot steeds datzelfde honderdtal onderwerpen. Omdat je iets moet verzamelen wat een massa andere stakkers ook verzamelt. Biologen kunnen daar vast iets leuks over vertellen.

De treinmodellen die Franky verzamelde waren replica's van locomotieven en wagonnetjes van vóór negentienhonderd ergens in de veertig. Franky had nooit gereisd met die treinen, en dan bedoel ik uiteraard met de oermodellen; waarschijnlijk had zelfs zijn eigen pedante vader nooit in zo'n wagon gezeten. Maar schoon waren die treintjes natuurlijk wel, het tegendeel zal je me niet horen beweren. En ze kostten fortuinen, liet ik mij vertellen. Veel leek er mij niet aan gelegen om een verzameling Märklin-treintjes aan te leggen, op enkele exclusieve modellen na was alles verkrijgbaar in de handel of op speciaal door de firma Märklin georganiseerde beurzen, wie de meeste poen had die had meteen ook de mooiste verzameling. Wat er ook over te beweren valt; dat het platvloers is, smakeloos, puberaal, of een uiting van machogedrag: schaamhaar verzamelen was een democratischer hobby. Verhulsten waren voor democratie, altijd geweest.

In de kelder van hun villa had Franky zijn eigen miniatuurwereld mogen huisvesten. Dat was het grote verschil tussen hem en mij, ik sliep met mijn vader en mijn nonkels in dezelfde kamer, hij had een ganse kelder voor zich alleen om zich met zijn hobby bezig te houden.

Een gigantisch netwerk van rails was er op dikke planken van hoge kwaliteit gekleefd, de treintjes denderden door tunnels, over bruggetjes. Er waren stoplichten en slagbomen die functioneerden, stations met minuscule stationsklokjes. Er waren bergen met gemzen en boomgrenzen, valleien van groene tapijten die werden begraasd door perfect nagemaakte koeien met perfect nagemaakte uiers, kanalen en meren die werden bevaren en bevist. Nooit botsten twee treinen tegen elkaar. Zelfs niet voor de grap. Dat was wat ík gedaan zou hebben indien ik zo'n spoorwegnet bezat: ik zou die treinen laten ontsporen, tegen elkaar laten knallen, en radeloze figuurtjes zouden zich onder de trein gooien na een keurig geënsceneerde scène met hun geliefde. Zulke dingen. Voor de plezanterigheid. Franky niet. Hij was de pantocraat en de oppermeester van een namaakwereld die vlekkelozer liep dan het archetype. Alles verliep stipt, de minste hapering of geringste vertraging zou hem ongelukkig hebben gemaakt en hebben bewogen tot het richten van furieuze brieven aan de klantendienst van Märklin. Nou ja, het was zíjn hobby, niet de mijne.

Telkens wanneer hij een nieuw wagonnetje of locomotiefje had werd mij verzocht, gesmeekt moet ik zeggen, om een kijkje te nemen in zijn kelder. Het enige probleem dat daarbij telkens moest overwonnen worden was hun hond. Harrar, een lelijk beest, maar daar kon het zelf niets aan doen natuurlijk. Dat waren nu al twee honden waarmee ik rekening moest houden. Er was de teef van Palmier die nog steeds niet was teruggevonden en die mij zeker de keel zou doorbijten als ze mij op het spoor kwam, en er was nu ook Harrar, die helaas in veel betere fysieke conditie verkeerde dan Palmier haar viervoeter en die een natuurlijke afkeer had van mij. Een reu. Hij leek wel zodanig te zijn afgericht dat hij bloeddorstig werd zodra hij mij zag. Wanneer Harrar dan met een riant stuk sappige biefstuk was omgekocht en in zijn hok zat, kon ik in alle veiligheid de woonst betreden en troonde Franky me mee naar zijn kelder. Apetrots toonde hij me zijn nieuwe locomotiefje, lichtte me in over alle bijzonderheden van het serienummer, informatie die ik vertikte in mij op te nemen, maar ik knikte de knik der belangstellenden en ondertussen was Franky de gelukkigste sul in de wijde omgeving. Daar zou nu dus een eind aan komen, er was simpelweg niemand meer die naar zijn verzameling zou komen kijken, met mij was de voorraad altruïsten en maatschappelijk werkers in zijn kennissenkring helemaal uitgeput.

'Niet kwaad zijn op mij. Het is mijn vader, echt waar. Hij vreest dat je mij zal leren roken en drinken en zo. En stelen. Ik moet bij mijn soort blijven.'

'Ik ben niet kwaad op jou, Franky.' Stilletjes aan kreeg ik genoeg van dat watje. 'Echt waar, ik begrijp het. Jij en je vader, dat zijn twee verschillende dingen. Maar ik weet niet of je ons een beetje kent?'

'Hoe bedoel je?'

'Wel, de Verhulsten. Als je vader meent dat hij de Verhulsten zo goed kent, dan moet hij toch ook weten dat alle Verhulsten aan hetzelfde zeel trekken.'

Dat verstond hij niet, misschien was hij dan toch wel stom.

'Dat we twee handen op één buik zijn en elkaar altijd verdedigen. We zijn nogal oudmodisch op dat vlak, Franky. Begrijp je dat woord, Franky, oudmodisch? Eergevoelens en zo, heb je daar al van gehoord? Je zal het spoedig wel begrijpen als mijn nonkel Potrel jouw bakkes in een puinhoop slaat. Je moet niet kwaad zijn op mij, Franky. Het is mijn nonkel. Echt waar. Mijn nonkel en niet ik. Je vader zal ook wel worden aangepakt, hij heeft tenslotte mijn vader een zot genoemd. Je verstaat dat zoiets niet gaat, we kunnen niet met onze naam laten sollen. En dat schoothondje daar, Harrartje, daar bedenken we ook nog wel iets voor. Dat is meer iets voor mijn nonkel Zwaren, hondjes, hij zal zich amuseren.'

Nonkel Zwaren deed in die dagen aan karate en bodybuilding en begon steeds meer plaats in te nemen. Hij scheurde telefoonboeken aan flarden met zijn blote poten, sloeg bakstenen in twee en slikte pillen met unieke vitaminen. Om zijn musculatuur te accentueren lag hij uren onder de lampen van de zonnebank met zijn boeken van Old Shatterhand. Spoedig zou hij deelnemen aan wedstrijden, zichzelf kunnen verhuren als pikante act op de vrijgezellenfeestjes van meisjes die het zich nog één avond wilden veroorloven om hun bestiale kantjes te bevredigen, zich onbeschaamd te verlekkeren op een stuk stevig en tevens bruingebraden vlees, en het was dan ook een plezier om hem als nonkel te hebben. Stak er iemand een poot naar me uit, dan hoefde ik maar te zeggen dat ik mijn nonkel Zwaren op de hoogte zou brengen. Het gezicht van Franky leek de draagwijdte daarvan heel goed te begrijpen.

Het is helemaal niet erg dat er mensen uit ons leven verdwijnen. Onlangs had ik dat punt in mijn leven bereikt waarop mijn adresboekje was volgeklad. Ik herinner mij het ontzag dat ik als jongeman voelde voor mensen met goed gevulde adresboekjes en chaotische agenda's. Ze leefden. Ze leefden meer dan ze zelf konden onthouden, moesten hun vriendenkring ordenen en organiseren volgens boekhoudkundige systemen. Ik geloof niet dat ik mij voor mijn vijfentwintigste levensjaar een agenda heb aangeschaft, en toen ik er uiteindelijk een had, hoefde ik hem nooit te raadplegen aangezien mijn geheugen groter was dan mijn omgang met anderen. Gaandeweg ben ik een agenda gaan beschouwen als een logboek van het ongebeurde, en grotendeels is hij dat vandaag nog steeds: hij staat vol met afspraken die naderhand toch zullen worden verschoven en finaliter zelfs afgelast, hetgeen ik zelden een ongewenstheid vind. De nood aan een adresboekje is er pas gekomen toen mijn vrienden stelselmatig en min of meer noodzakelijkerwijs burgerlijker werden en over zaken zoals een telefoon, een fax en zelfs een internetverbinding begonnen te beschikken. De gouden tijden in feite nog voor iemand als ik die moeilijk getallen onthoudt, want ondertussen beschikken ze over minstens twéé telefoons die bovendien vaak terzelfdertijd bezet zijn en mij vragen iets in te spreken na een lang stuk enerverende muziek en een biep.

Maar plots stond dus dat adresboek vol. Ik kocht me een nieuw, en groter, en nam mij voor alle adressen uit het oude boekje eerst zorgvuldig over te pennen in het nieuwe. Twee adresboekjes zijn mij te onhandig, ik zou altijd eerst in het verkeerde een adres of telefoonnummer opzoeken, zo ben ik nu eenmaal. En daar stelde ik het vast. Adresboekjes staan vol met mensen die je ooit eens hebt gekend, sommige goed, andere te goed. Mijn beste vriend kwam er verscheidene keren in voor, maar dat lag aan hem, omdat hij het nooit langer dan drie jaar uithield bij een vrouw en bijgevolg zodanig veel verhuisde dat we hem, toen hij eigenaardig genoeg opeens in het huwelijk trad, een zesdehandse caravan hebben gekocht. Met zo'n kennissenkring raakt een adresboekje inderdaad zeer gauw vol. Ik onderhoud geen banden met mensen wier achternaam met een z begint en beschouw dat niet als een gemis, maar tussen de namen Abrassart en Ysewyn lag een lijst personen die ik in geen jaren meer had gezien, waarschijnlijk nooit meer zou zien, en dat deed mij niets. Het is helemaal niet erg dat er mensen uit ons leven verdwijnen, en ik hield er onmiddellijk mee op al die namen en adressen over te schrijven.

Het adres dat ik wél in mijn nieuwe adresboekje had staan, was dat van Franky. Eigenaardig, omdat hij nooit in de eerste editie van mijn vriendenbestand heeft gestaan, uiteraard. Toen hij mij het kaartje overhandigde waarop het adres stond dat ik later die dag zou overschrijven in mijn nieuwe adresboekje, was het ongeveer twintig jaar geleden dat wij elkaar hadden gesproken, en dat was inderdaad die keer geweest toen hij mij duidelijk maakte dat hij van zijn vader geen omgang meer mocht hebben met laag allooi.

Onze toevallige ontmoeting vond plaats in het dorpje Chiny, waar ik een kijkje kwam nemen op een vertelfestival dat men daar jaarlijks met steeds groter succes organiseert. De hele dorpskom was bezaaid met biertenten en boekenstalletjes. Er waren kraampjes waar men handtassen van Chileense lamawol kon kopen (compleet met bijbehorende panfluitisten), en T-shirts bedrukt met debiele slogans. Op een straathoek zong iemand onder ruime belangstelling een Portugese fado met een stem die werkelijk nergens op leek, en met een verdriet dat overduidelijk was gefaket. Plaatselijke artiesten hadden hun garage omgetoverd tot een galerie en exposeerden er tussen de autobanden en de blikken motorolie hun doeken vol artistiek verantwoorde spetters en strepen. En tussen de bedrijven door kon de toeschouwer in een hooischuur of een klaslokaal gaan luisteren naar beroepsvertellers die speciaal voor dit festival helemaal vanuit Afrika of Australië waren overgevlogen. Mijn soort evenement niet, en ik was al terug naar de auto aan het wandelen om gauw thuis in de zetel mijn leven met meer succes verder te zetten toen ik Franky plots opmerkte in de meute. Lelijke mensen zijn makkelijker van elkaar te onderscheiden dan mooie, en hoewel hij nog een baardloze bakvis was toen ik hem het laatst had gezien, kon niemand er mij van overtuigen dat deze man iemand anders dan Franky was. Het was duidelijk dat hij al die tijd een verzamelaar gebleven was, ik zag hem in bakken grabbelen waarvan de inhoud een goudmijn is voor de een, en een vuilnisbak voor de ander. De marktkramer sleet behalve natte gazetten voor de massaal opgedaagde bibliofielen ook nog andere curiosa, zoals kleine plastic smurfen uit de jaren zeventig. Smurfen als advocaat, smurfin als verpleegster, smurfen als metselaars, Grote Smurf als tovenaar, smurfen op een surfplank, smurfen op een rockgitaar, ze hadden ooit nog gratis in een doosje smeerkaas van een bepaald merk gezeten. Voor iedere mens een smurf, moet men in de jaren zeventig hebben gedacht, en dertig jaar later ging men die onzin weer verzamelen. Naast smurfen kon de festivalganger die niet wist wat gedaan met zijn centen ook nog poppetjes kopen uit de strips van Suske en Wiske, Walt Disney-figuurtjes en andere kleinodiën voor de eeuwig kinderachtige. Dat nieuwsgierigheid een bron van veel miserie kan zijn is een bewezen feit waarmee men echter niet altijd rekening hoeft te houden, en omdat ik mij afvroeg waar de zoektocht van Franky naar leiden moest begaf ik mij naar het kraampje en begon er ook een beetje in die bakken, wellicht een broeihaard van microben maar dat moest dan maar, te scharrelen.

'Hoeveel is deze?' vroeg ik aan de verkoper, en hield een smurf in de lucht. Een vrolijke smurf met een rode neus en een grote Duitse bierkroes in zijn hand.

'Vier euro!'

'Vier euro? Voor een smurf die flets Duits bier drinkt?'

'Het is een pièce unique, meneer,' zei hij.

'Maar hij is gemaakt in Taiwan. Het staat te lezen op zijn schoenzolen. Made in Taiwan. Waarschijnlijk nog door kinderen ook.'

'Vier euro, meneer, dat is de prijs.'

Ik kocht de smurf, die ondertussen op mijn bureautafel staat. Maar het begin van een verzameling is hij niet.

Maar met mijn groot laweit had ik wel de aandacht van Franky weten te trekken, en dat was toch de bedoeling geweest.

'Zeg,' probeerde hij, 'ben jij niet...?'

'Ha, de Franky,' zei ik, 'mag je van je vader al met me praten?' en aan de onwennige glimlach op zijn tronie kon ik merken dat dit wezen over een geheugentje beschikte. Hij negeerde de vraag, wat in zijn geval de meest aangeraden onbeleefdheid was, en ik maakte me al breed om te horen dat het verdomme lang geleden was, en ik had mijn volle breedte nog niet bereikt toen hij zei: 'Verdomme, dat is lang geleden, jong.'

Het hing ervan af wat je lang vond. Ik heb dagen gekend die met de grootste moeite verstreken, ik heb de wijzers van de klok zich vaak sadistisch traag rond elkaar zien draaien als twee minnaars die speels hun kleine dood uitstelden, maar die twintig jaren tussen twee ontmoetingen met Franky waren een zucht geweest. Mijn houding herinnerde me weer aan de onhebbelijke mens die ik zijn kan, iemand met gevoel voor de revanche, niet in staat om te vergeven, woedend op al wie mij ooit, al was het kortstondig, de oorlog had verklaard. Het is een karaktertrek, niet mijn fraaiste, maar wie ooit tegen mijn kar heeft gereden grif ik in de lijst waarop ook de naam van Franky staat. 'Verdomme, dat is lang geleden, jong,' zei hij, en ik voelde dat ik weer met niets minder tevreden kon zijn dan zijn complete vernietiging. Als ik die lijst nu eens afwerkte, iedereen de rekening liet betalen die hij of zij bij mij had openstaan, en opeens maar met die Franky begon? De schulden die hij bij mijn vader en mijn nonkels lopen had zou ik ook innen, die eergevoelens had ik nog. Hij had hen het sop van het riool genoemd, mijn vader een zot, dat kon ik niet toestaan. Als ik die Franky hier nu eens publiekelijk vernederde? Maar ik ben niet altijd zo tevreden met mijn karakter als ik hier per ongeluk kan hebben gesuggereerd en stelde ter plekke voor om iets te gaan drinken. Dat is mijn ongeluk, ik stel heel vaak dingen voor waar ik totaal geen zin in heb, en de mensen voelen het zelden aan dat ik het niet meen wanneer ik hen vraag of ze trek hebben om een borrel te gaan nuttigen en even bij te praten over de jaren die onherroepelijk zijn vergaan en waarnaar we nooit meer mogen terugkeren om er enkele dingen beter te willen doen. Vragen om iets te gaan drinken is gewoon mijn onhandige manier om mensen af te schepen zonder hen dat gevoel te willen geven. Dus daar zat ik dan, met Franky aan een tafeltje in een biertent.

'Nog altijd een verzamelaar, merk ik.'

'Eens verzamelaar, altijd verzamelaar,' zei hij.

'Waar doe je in?' vroeg ik, want zo gaat dat in gesprekken: iemand zegt dat hij verzamelt en voegt daar opzettelijk niet aan toe wat hij verzamelt opdat de ander zou kunnen vragen wát hij verzamelt.

'Ik doe tegenwoordig in judaïca.'

'Judaïca?'

'Judaïca,' herhaalde hij. 'Spulletjes die met het jodendom te maken hebben. Keppeltjes, kandelaars, je weet wel.'

Jaja, natuurlijk wist ik wel. Het verbaasde me alleen dat woord uit zijn mond te horen. Judaïca, hoe kwam hij erop. Sinds Franky had ik natuurlijk nog wel mensen ontmoet die collecties aanlegden, bijvoorbeeld van glazen uiltjes, en dan vroeg ik mij af hoe iemand op het idee was gekomen om daarmee te beginnen. Had hij op een dag een glazen uiltje cadeau gekregen en vond hij dat zodanig prachtig dat hij meteen duizend glazen uiltjes wou, hoe ging dat? Kopen mensen soms per ongeluk een kast te veel die dan maar malgré tout moet worden volgestouwd? Wordt iemand op een ochtend wakker en zegt hij dan plots: vanaf vandaag ga ik jodenspullen verzamelen?

'Je moet zo'n verzameling natuurlijk wel afbakenen,' ging hij verder, ervan uitgaande dat ik dit gespreksonderwerp nog niet als afgerond beschouwde. 'Door je te beperken maak je jouw collectie scherper, sterker. Natuurlijk kan ik alles gaan verzamelen wat onder de noemer judaïca valt, keppeltjes, kandelaars, oude drukken van de thora, kookboeken voor de koosjere keuken, heel de rimram, maar daar zou ik weinig plezier aan beleven, er is geen zoektocht mee gemoeid.'

'Ach zo,' zei ik, ondertussen met een lichte paniek vaststellend dat ik nauwelijks voldoende tabak nog in mijn pakje had om dit gesprek met volledige vingernagels te kunnen voltooien. 'Je beperkt je tot de keppeltjes?'

'Neen,' vervolgde hij zijn middelmatige spreekbeurt, 'ik verzamel postuurtjes van joden. Het is te zeggen, kleine postuurtjes om precies te zijn.'

'Die bestaan?' deed ik geboeid. Dat ik er nooit aan gedacht heb om psycholoog te worden!

'Jaja, die bestaan. Je moet er alleen heel hard naar zoeken.'

'Ik doe in smurfen', begon ik. 'Je weet wel, die blauwe kutkabouters uit onze kindertijd. 1483 heb ik er al, met deze erbij 1484 eigenlijk. Ik geloof dat het nostalgie is, mensen doen eigenaardige dingen uit nostalgie. Ik heb vrienden die plots laaiend enthousiast gaan dansen op de liedjes die ze in hun jeugdjaren afgrijselijk vonden, en ik verzamel smurfen. Ongelofelijk hoeveel smurfen er ooit zijn uitgebracht, man. Voor bijna ieder type mens werd er het smurfenequivalent van geproduceerd. Om eerlijk te zijn denk ik eraan om ooit een wetenschappelijke studie uit te brengen over het fenomeen de smurf, echt waar. Mijn stelling is het dat de smurf de beste reflectie op de jaren zeventig is. De emancipatie van de vrouw bijvoorbeeld, of de technologie die plots beschikbaar werd voor iedereen, het zit allemaal in de smurf. Als je er eens goed over nadenkt. Je doet me trouwens opeens aan iets denken, Franky: er zijn metselende smurfen, zuipende smurfen, indianensmurfen, verplegende smurfen, zingende smurfen, behaarde smurfen, noem maar op. Maar wat mij hier nu patsboem te binnen schiet; er is mij geen enkel exemplaar bekend van een jodensmurf. Bestaat die denk je, de jodensmurf? Zo'n smurf met pijpenkrullen vanonder zijn muts? Negersmurfen ken ik, daar heb ik er drie van. Maar jodensmurfen?'

Neen, dat wist Franky niet. Smurfen waren zijn terrein niet.

'Bij mijn vijftienhonderdste smurf geef ik een feestje.'

Ik overdreef, ik wist het, het had me zelfs gechoqueerd dat

ik met zoveel vuur over smurfen uit mijn nek had zitten lullen, dat ik zoiets überhaupt kón. Ik had het gevaar gelopen op de koop toe nog te worden geloofd. Als ik met mijn oeverloze gezwam al iets had bereikt, dan was het dat Franky opeens het onderwerp verzamelen beu raakte en opeens het roer omgooide.

'Wat een toeval eigenlijk dat ik je nu tegen het lijf moet lopen. Vorige week heb ik nog aan je gedacht, op het kerkhof van Reetveerdegem, toen ik langs het graf van je vader liep en dacht, tiens, dat is waar ook, die man heeft ook bestaan, hoe zou het nog met zijn zoon zijn.'

Ook daarom haat ik gesprekken, ze kunnen over smurfen, en luttele seconden later over de grafsteen van je vader gaan.

Dat graf van mijn vader, ik groet het soms vanuit de wagen. Omdat het kerkhof van Reetveerdegem naast een autostrade ligt die ik gebruik om naar de kust te rijden zie ik de muren van zijn knekelwei vanachter mijn stuur. Ik knik dan eventjes terwijl ik dat best onnozel vind, en groet hem in gedachten. Hey pa, hier ben ik weer, druk verkeer, ik ben op weg naar daar of ginder en mijn lieve vriendin is er weer bij, het is spijtig dat je haar nooit hebt kunnen zien, een schoon wijveke. Zulke dingetjes. Het maakt dat ik nooit nog de zee zal zien zonder daarbij voortdurend aan mijn vader te denken. De zee, dezelfde zee die hij ooit nog een moeilijke nacht lang heeft gadegeslagen van op de pier, denkend aan zijn dood die ondertussen oud nieuws is, twijfelend of het de zee zijn zou waarin hij zich van het leven zou beroven. Maar mijn vader was een zwemmer, hij voelde zich dankbaar gedragen door het water als hij ruggelings en ontspannen in genadiger jaren op de Noordzee dreef, hij zou het water hebben verraden indien hij die nacht had gekozen voor een ongetwijfeld gruwelijke verdrinkingsdood. Daarom is hij de ochtend nadien met de trein weer naar huis gekeerd, zonder zeewier in zijn longen, zonder mosselen op zijn rug, onze ontbijttafel completerend met de woorden 'ik heb het niet gekund'. De zee is het graf dat ik hem liever had gegund, een drinker mag je niet begraven op het droge, en het spijt mij zeer dat wij hem, toen zijn herkenbare lach uiteindelijk maar onbegrijpelijk geluidloos op een dodenmasker lag, niet hebben uitgestrooid op die uitgestrekte nattigheid terwijl een misthoorn alle kaddisjen blies. Nu ligt hij daar, ook al zal het voor hem geen verschil meer maken, in dat winderige tochtgat van Reetveerdegem. Niet eens een bodemloze amfora aan zijn voeteneind waar men naar Helleense gewoonte op tijd en stond een fles wijn in moet gieten om de doden te voorzien in hun comfort. Binnenkort mag ik mij weer aan een brief verwachten van het gemeentebestuur van Reetveerdegem, met de absurde mededeling dat de huurtermijn van mijn vaders laatste rustplaats is verstreken, en de vraag of ik de huur met zoveel jaar wens te verlengen en in dat geval het juiste bedrag wens te storten op de juiste rekening. Ze laten hem niet met rust. Vroeger waren het de eigenaars van onze verkrotte gribussen die hem op het einde van een cyclus dwangsommen en deurwaarders op straat gooiden, waarna wij onze intrek namen bij mijn grootmoeder. Straks is daar de dag dat hij als wanbetaler uit zijn eigen graf zal worden gezet.

'Kom jij nog wel eens in Reetveerdegem?' vroeg Franky.

Nauwkeurig bijhouden doe ik het niet, maar het moet zo één keer om de vijf jaar zijn dat ik naar de rustplaats van mijn vader ga. Die bezoeken hebben voor zover ik mezelf kan of wil doorgronden geen enkele aanleiding, ineens is dat daar, dat nutteloze gevoel naar het kerkhof te moeten. En dan sta ik daar, meer noch minder van hem verwijderd in feite dan ik thuis in mijn zetel zou zijn, maar toch, ik ben daar, en hij op een of andere manier ook. Dat is wat ik mij op zulke ogenblikken wijsmaak, anders heeft het helemaal geen zin. Hoe lang ik daar dan sta weet ik niet, of ik al een keer in een striemende regen trouw mijn rouw heb gedragen geloof ik niet, maar een motregentje, een saladevlaagje, moet er statistisch gezien wel een keer bij geweest zijn. Altijd steek ik mij een sigaret op aan zijn graf, en te oordelen naar het aantal peuken op zo'n kerkhof ben ik niet de enige die dat doet. Verbazend hoe weinig lege flessen je aantreft op die plaats, verbazend dat ik er zelf nooit aan heb gedacht om mij daar te bezatten maar daar telkens mee wacht tot ik het kerkhof heb verlaten en mijn kruisweg uitstippel langs de kroegen waar ik hem in mijn gedachten nog steeds aan de toog zie hangen, bezig met een van zijn vele hervertellingen aan iemand die halvelings in slaap ligt. Die sigaret. Die steek ik op. Daar begin ik mee. Een ritueel, mijn schadelijk gebed van nitrosaminen, formaldehyde, nicotine en benzeen. En dan laat ik mijn blik glijden over dat kerkhof, dat bij ieder bezoek steeds weer een beetje meer is uitgedijd, en waar altijd wel een vrouwmens met emmer en spons de grafsteen van haar manlief zaliger sopt omdat het in dorpen als deze nog steeds slechte echtgenotes zijn die hun man laten rotten onder een vuile zerk. Ik voel die vrouwen opkijken van boven hun sponzen, schrobbende slonzen op handen en knieën, en ik voel hen denken: verdomme, als dat kleine Verhulst niet is, die komt zo nog eens naar zijn vader, zeg. Als ik mijn hand naar hen opsteek voelen ze zich betrapt, en blinken ze opeens nog heviger het marmer op. 's Anderendaags gaat mijn naam door de muren lekken, ze hebben mij gezien, kleine Verhulst is weer in Reetveerdegem gezien, in de namiddag paffend aan het graf van Zotte Pie, en 's avonds met glazige ogen aan de bar van De Volkskring. Pas wanneer ik er mij van verzekerd heb dat ik alleen ben met mijn vader, wat gezien de omstandigheden zoveel betekent als dat ik alleen ben met mezelf, spreek ik, luidop. 'Pa, het is tijd om op te staan.' Want dat is de enige zin waarvan ik weet dat zijn effect mij niet zal ontgoochelen, het is de zin die ik zo vaak heb uitgesproken aan zijn voeteneind. Het is tijd om op te staan, en dat hij toch bleef liggen, lamgezopen, toen nog in zijn bed. Nooit verlaat ik bedrogen het kerkhof van Reetveerdegem, doch denkend: als hij te laat komt op zijn werk is het zijn eigen schuld, ik heb geprobeerd hem uit zijn nest te krijgen maar hij wou weer niet, hij kan mijn kloten kussen. Daar kan ik dan weer vijf jaar mee verder.

Maar om bij de les te blijven, op Franky zijn vraag antwoordde ik met: 'Bwah, zo nu en dan eens.'

De zeldzame keren dat ik nog in Reetveerdegem kom, De Verloren Zoon, De Goede Zoon, in alle geval een Zoon, trek ik van kroeg naar kroeg, wetend dat ik er geen drie moet aandoen vooraleer ik mijn nonkels zal aantreffen in voorspelbare toestand aan de toog, op hun vaste plaats die niemand durft in te nemen, alsof hun namen met het bloed van een inbreukpleger op die barkruk staan geschreven. Dan geniet ik van de blik die onze Potrel mij als een ruiker bloemen vanachter zijn drie halfvolle glazen werpt, een blik vol blink, ogen die ook zonder drank op dat moment dat natte hebben van een niet te hard gebakken spiegelei. Ook onze Herman heeft die ogen waarmee hij het mededogen van vele vrouwen moet hebben afgedwongen wanneer hij in onappetijtelijke toestand thuiskwam. Onze Potrel zal mij steevast zijn kleine broer noemen, en weinig kan mij meer gelukkig maken dan wanneer dat crapuleuze varken mij zijn kleine broer noemt, en wij elkaar omhelzen en zoenen, hoewel wij nooit zoeners zijn geweest. Daarna moet er gedronken worden. De eerste vijf pilsen zijn in geen tijd binnen. Het eerst beneveld door het izabelgele vocht zal onze Herman zijn, overmand door de onverwachte herinnering aan zijn dode broer die ik heb aangevoerd, en hij zal zijn stem verheffen en zich richten tot de aanwezige fossielen in de kroeg, roepen: 'Hey, gasten, kennen jullie hem nog?' waarbij hij zeker speelt en het antwoord meteen zelf maar geeft. 'Dat is onzen Dimmetrie, de kleine van onze Pie.' De ouderen laten hun verbazing merken, ze randomiseren de slappe schijf van hun steeds mankere geheugen en zien in het beste geval nog ergens een flits van mijn kindergezicht oplichten. 'Dimmetrieken, jaja, ik ken hem wel. Ik heb hem hier als kind nog weten slapen op de biljarttafel. Ik ben nog met zijne Papa naar de hoeren geweest. Veel plezier hebben we gemaakt met zijne Papa, er waren er hier zo geen twee. De Pie, verdomme, hoe lang ligt die er al onder?' De jongeren kijken niet op, de plotselinge komst van de vreemde die ik voor hen ben bracht hen niet uit hun concentratie aan de flipperkast, chagrijnig omdat een ander hier ineens door zijn doodsimpele aanwezigheid de aandacht krijgt. Bij hen bedenk ik als soundtrack een onder de platenkrassen krakend lied van Roberta Flack, 'Sad young men are growing old.' Afgespeeld op een jukebox maar dan per ongeluk, omdat iemand de verkeerde cijfercode heeft ingedrukt. Zij zijn nu de nieuwe generatie, en ik besef dat ik het lot toch één loer heb gedraaid, omdat ik het niet ben die daar zijn glas heeft geplant op het speelblad van de flipperkast. Die jongens hebben mijn plaats ingenomen, mogen zij het nooit beseffen. De varkens werden oud, steeds zeldzamer worden mijn nonkels nog uitgedaagd in drinkduels, ze worden niet langer als een tegenstand beschouwd in een partij armworstelen, wedstrijden waarvan de afloop nefast kan zijn voor het aanzien dat men graag geniet, met uitslagen volgens dewelke de beschikbare scharrels van het dorp over de mannen worden verdeeld.

Dát is het Reetveerdegem waarnaar ik om de zoveel tijd nog eens wederkeer, maar er was geen schijn van kans dat Franky dat dorp kende, ook al woonde hij daar wel nog steeds en zag hij mijn nonkels vaker dan ik, als schimmen dolend over de straten, verliezers, kakkerlakken. De ongelukkigen hebben een realistischer beeld van de wereld, de liefde voor mijn nonkels is groot en onbegrijpelijk, maar niemand heeft ooit van de liefde durven verwachten dat ze begrijpelijk zou zijn. Franky moet hebben aangevoeld dat hij zijn woorden moest afwegen tegen het zwaarste lood, hij heeft tijdens dat gesprek met geen letter over mijn nonkels gerept en had het over een Reetveerdegem dat ik niet heb gekend, naar mijn aanvoelen niet eens bestaat. Franky vertelde over het diploma dat hij had behaald, de job die hij deed, zijn vrouw, de kinderen waarvoor zij diende, het huis dat waarschijnlijk rond de televisie was gebouwd. Ik weet, dat zijn nu eenmaal de weetjes die mensen met elkaar wisselen wanneer ze elkaar voor 't eerst sinds lang weer zien, die zaken zijn de essentie van het bestaan, het zijn de thema's die altijd het heen-en-weer-gebabbel bepalen tussen oude bekenden. Maar toch. De essentie van het bestaan kan mij zeer vervelen. Ik moest maar eens gaan. Hij vond het een waar genoegen mij nog eens te hebben gezien, dat zou wel, en gaf me het adreskaartje dat ik later in mijn nieuwe adresboekje heb overgeschreven, en nog later weer uit mijn adresboekje heb gerukt zodat ik meteen ook alle contacten kwijt ben met mensen van wie de naam met een t begint. De t van Tienpont, Franky Tienpont. Stommiteiten zijn er om te begaan, ik gaf hem eveneens mijn telefoonnummer.

Ook door de telefoon had hij een lelijke stem. Het was zo'n drie maanden na onze overbodige ontmoeting dat hij me belde met de vraag of ik eens langs wou komen. Dat wou ik niet. 'Wanneer?' vroeg ik. 'Als het je past,' zei hij. Het paste me niet, het zou me nooit passen. De zondag nadien zat ik bij hem thuis in de zetel, mezelf wijsmakend dat ik zijn uitnodiging gebruikte als alibi om nog eens naar Reetveerdegem te gaan, als camouflage voor het groot gemis van de voorbije dingen dat ik soms voel, een ouderdomsvlek van de ziel, en een leugen.

Het huis van Franky zag eruit zoals ik het mij had voorgesteld. Hij was alleen thuis, en ik had de indruk dat hij dat nog vaak zou zijn. Hoewel hij me daar in Chiny had verteld over zijn kinderen kon ik aan niets merken dat hier de afgelopen dagen nog kinderen waren geweest. De aanwezigheid van kinderen ruik je, zoals je huisdieren ruikt. Ik had alle redenen van de wereld om aan te nemen dat Franky was verlaten door zijn vrouw, van wie ik overigens nergens een foto tegen het behang of op een kast aantrof, en dat zij de kinderen had meegenomen. Hoe langer ik in de smakeloze lederen zetel van Franky zat, hoe zekerder ik werd van mijn zaak: deze knaap was gedumpt, zijn vrouw had met een ander gerampetampt, had voor het eerst verliefdheid gevoeld na vijf jaar huwelijk en de moed getoond om te luisteren naar haar hart. En Franky, die zijn eenzaamheid al die tijd het zwijgen had opgelegd door zich bezig te houden met vrouw en kind en de kost die voor hen gewonnen werd, moest ineens beseft hebben hoe alleen hij was, hoe alleen hij al die jaren al was geweest, en had nu teruggegrepen naar de weinige mensen die hij ooit had gekend. Ik vroeg niet naar zijn vrouw en grut, de tekenen waren daar, ik kende ze. Alleen de allenen, dam dam dam doebiedoewa.

'Wat voor nieuws?' vroeg ik.

'Hoe bedoel je?'

'Waarom heb je me uitgenodigd? Daar moet toch een reden voor zijn. Tenminste, er zijn mensen die daar een reden voor nodig hebben en jij lijkt mij daar één van.'

'Och, gewoon. Ik had het leuk gevonden je terug te zien en dacht: waarom het contact niet weer herstellen.'

Het woord 'leuk'.

'Ah bon,' zei ik.

Op de salontafel stond een schaal met chips die onaangeroerd zou blijven. Ik genoot ervan om te zien hoe hij zich uitsloofde een gespreksonderwerp te vinden dat mij zou kunnen meeslepen. Zijn gezicht was op dat van zijn vader gaan lijken, de vader die het zijn zoon verboden had nog langer omgang te hebben met een Verhulst. Franky kwebbelde een heel eind aan, ik ben vergeten welke onderwerpen hij zo allemaal vruchteloos heeft aangeraakt, ik liet hem maar, en stoorde mij ondertussen aan een zoemend geluid dat ik herkende maar nergens thuis kon brengen. Was het de vloerverwarming? De ketel met mazout die ergens in dit spookhuis stond en waarvan de motor de warmte in een baan rond de bakstenen stampte?

'Mijn vrouw is er vanonder,' zei Franky, out of the blue, waarschijnlijk omdat hij door zijn voorraad blabla zat.

'Ik weet het,' zei ik gelaten, geamuseerd ook.

'Hoezo, je weet het? Hoe komt het dat jij dat weet?'

'Ik weet het. Dat is het voornaamste.'

'Hebben je nonkels je het verteld?'

Wat zouden mijn nonkels nu gaan vertellen dat de vrouw van een onbenul haar biezen nam, een gezin als dat van Franky kon onmogelijk tot hun interessesfeer behoren.

'Ik moet je iets zeggen,' begon hij.

Het zoemgeluid werkte me op de zenuwen.

'Mijn vrouw heeft met een ander ge...'

'...neukt? Die dingen gebeuren, Franky, ik ben een slechte raadgever op dat vlak.'

'Ze is met je nonkel Zwaren onder de lakens gedoken.'

Welwelwel, wat een prachtverhaal. Franky zijn vrouw die was wezen wippen met een Verhulst. Mijn nonkels waren waarlijk de behoeders van de rechtvaardigheid.

'Dan zijn we een beetje familie geworden,' pestte ik.

Hij schonk zich een borrel in. Een scène uit Dallas.

'Ze is weg. Mijn vrouw is weg. Ik heb haar geslagen toen ze het mij vertelde, ik weet dat het fout was maar het gebeurde gewoon, recht in haar gezicht terwijl de kinderen toekeken, en nu is ze weg. Bijna vier weken ondertussen en ze heeft nog niets van zich laten horen. De kinderen heeft ze mee, ik weet niet eens of ze me missen. Kun jij me zeggen of mijn vrouw nog bij jullie Zwaren is?'

'Het zijn mijn zaken niet, Franky, het is jouw probleem, hier moei ik mij niet mee.'

'Ik versta het niet. Mijn vrouw en jullie Zwaren!'

'Wat versta je daar niet aan, Franky? Versta je niet dat je vrouw zich goed voelt bij een verwerpelijke Verhulst, dat ze verliefd wordt op dat zatlappenvolkje van de Kerkveldweg, dat ze jou laat zitten voor een stuk onbenul zonder diploma, zonder job, voor iemand die zo geweldig onbeleefd met zijn ellebogen op tafel eet? Is het dat wat je niet verstaat, Franky?'

Hij leek te begrijpen waar ik heen wou, en zweeg.

'Is het daarom dat je mij naar hier liet komen?'

Hij knikte. Ik had hem de kosten voor mijn benzine moeten aanrekenen.

'Om eerlijk met je te zijn, Franky, ik vind het schitterend wat jou overkomen is. Ik zou er bijna godsdienstig van worden, zo treffend is deze toorn, de regie is geweldig. Je verdient het.'

'Jullie Zwaren is tien jaar ouder dan mijn vrouw.'

'Het interesseert me niet, Franky, echt waar, het zijn jouw besognes, ik trek er mij geen moer van aan. Dus zwijg daar nu maar over.'

'Maar kun je me alstublieft nog zeggen of mijn vrouw nog bij jullie Zwaren is. Meer vraag ik niet. Ik ben radeloos.'

'Voor de laatste keer, Franky, en knoop het goed in uw oren: los dit zelf op.'

Zo vastberaden moet ik hebben geklonken dat hij eindelijk wel degelijk zijn snavel hield en zielig voor zich uit staarde zoals alleen mannen dat kunnen als ze zijn verlaten. Hoe vaak al had ik de houding gezien van een man die met zijn benen open in de zetel, de ellebogen steunend op de knieën, zijn voorhoofd stutte met zijn handen? Zijn ogen waren betraand, hij probeerde zich in te houden maar ik wist dat hij daar niet in slagen zou. Nog even en de tranen zouden een slijmspoor over zijn wangen trekken, en daarna zou hij beginnen snikken, luidkeels janken, wel vijf minuten lang, om zich uiteindelijk te excuseren voor zijn aanstellerijen en zijn gezicht te gaan wassen aan de lavabo. Zijn leven was compleet naar de kloten, alles wat hij had opgebouwd was in elkaar gezakt. Dagelijkse kost, het lot laait elke dag wel ergens op maar leek me meermaals blinder dan in dit te koesteren geval. Daar zat ik, in zijn zetel, toe te kijken hoe hij jankte, hoe de spasmen in zijn spieren slopen en hij achterlijke bewegingen maakte die bij vrouwen makkelijk zouden worden toegeschreven aan de hysterie. Ik liet hem doen, hij was de sleutelscène in mijn eigen Amerikaanse film. Uiteindelijk zou hij hoofdpijn gaan krijgen van al dat gesnotter en zou hij vanzelf weer ophouden.

'Franky, kun je mij zeggen wat dat irritante geluid is in je woonkamer, en het vervolgens ongedaan maken?'

Hij veegde zijn tranen met een zakdoek van zijn kinderen, er stonden bambihertjes op afgebeeld. 'Wat zeg je?'

'Kun je een eind maken aan dat voortdurende klotegeluid in je huis? Misschien is je vrouw wel weggelopen om eindelijk van dat geluid verlost te zijn.'

'Welk geluid?'

'Welk geluid? Die vrrr, vrrr. Ik moet dat geluid toch niet nabootsen, je kunt het toch ook horen.'

'O, dat, dat zijn mijn treintjes.'

'Treintjes? Die treintjes van vroeger? Verzamel je die nog steeds?'

Zo simpel steekt een mens ineen: door god en vrouw verlaten zat hij te schudden in de zetel, te huilebalken. En ineens proeft hij weer het genoegen aandacht te krijgen, dankzij de treintjes uit zijn kindertijd, en schuift hij zijn ellende weer opzij.

'Ik laat mijn treintjes non-stop rijden. In de kelder bevindt zich een gans netwerk aan sporen dat ik heb aangelegd, net als vroeger, maar veel groter nu, en daarop laat ik al mijn treinen rijden. Wil je mijn verzameling eens zien?'

Natuurlijk wou ik zijn verzameling niet zien, ik wou naar huis.

‘Als ik je daarmee een plezier kan doen, Franky, dan wil ik wel even je collectie non-stoprijdende treinen bewonderen, ja.’

‘Je zal verschieten. Mijn verzameling lijkt in niets nog op de verzameling die ze was toen jij ze voor het laatst hebt gezien. Maar ik ga eerst mijn gezicht wassen.’

Terwijl hij zich in de badkamer ontdeed van zijn truttentranen en met koud water zijn gezicht weer onder de levenden bracht, stak ik een sigaret op. Het lag voor de hand dat in dit huis niet gerookt mocht worden, je hebt nu eenmaal van die huizen die heilig moeten blijven ruiken naar kuisproduct, en omdat ik nergens een asbak vond tipte ik mijn as af in een bloempot. Spoedig zouden die bloemen toch verslonzen, bloemen weten voor wie ze willen overleven. Paffend liep ik door de woning, bestudeerde de magere inhoud van het cd-rek, de ziekelijk thematisch gerangschikte boekenkast met haar klemtoon op de Tweede Wereldoorlog als onderwerp, bladerde door de catalogi van Märklin-treintjes op het salontafeltje, en flikkerde mijn sigaret met duim en wijsvinger in een hoge boog over het terras.

‘Sorry,’ keerde hij terug van de badkamer. ‘Ik had mezelf even niet in de hand, ik heb me aangesteld. Je vindt me vast een zielepoot.’

Daar gaf ik hem gelijk in.

‘Mag ik eens vragen, is hier gerookt?’

‘Het zijn mijn oksels, Franky, maak je niet druk. Alle Verhulsten hebben er last van, vraag maar aan je vader. Of aan je vrouw.’

Ik volgde hem naar de kelder, het kind, en aanschouwde daar zijn verzameling. De treinen, ik heb ze niet geteld maar het waren er veel, reden er dag in dag uit, op weekdagen en feestdagen, 's nachts en 's morgens en 's noens, altijd, hun rondjes over berg en dal. En ook nu botsten die treinen geen enkele keer tegen elkaar, men moest een wiskundig monster zijn om een schema uit te dokteren waarbij dit getal treinen vlekkeloos door de kelder tjoekte. Het geënsceneerde landschap was nog realistischer dan het reeds in zijn kindertijd was geweest. En de kleine joodjes die hij ook gaan verzamelen was, zaten allemaal dicht opeen in de beestenwagonnetjes gepakt.

De genezene

Hij was verdikt. Aanvankelijk dachten we nog dat het kwam door zijn kapsel waarin iemand iets te stevig de schaar had gezet, maar nadat we hem volledig hadden geïnspecteerd konden wij het aan geen enkel optisch bedrog wijten dat mijn vader wel degelijk was bijgekomen, we schatten een kilogram of tien. Voor hij zijn langverwachte terugkeer had aangevat had hij die ochtend zijn haar nog gewassen met de beste shampoo die hij zich had kunnen veroorloven, zijn bijna Maghrebijnse snor was trots en secuur bijgeknipt, en zijn prachtige krullen had hij met brillantine weten te modelleren als de zachte golven op een milde zee. We moesten het toegeven, hij was een mooie man, de mooiste van ons allen, en behalve dat hij dat zelf ook leek te beseffen kostte het hem geen enkele moeite dat ook nog eens uit te stralen. Van tante Rosie had hij een prachtig en waarschijnlijk niet goedkoop trainingspak gekregen, een hemelsblauw tenue dat hem beeldig stond. Ook dat droeg hij, uit dankbaarheid, om te tonen hoe blij hij was met dat pak. Hij ademde zelfvertrouwen uit, als we slim waren ademden wij het op onze beurt weer in.

Aan linten en ballonnen waren we niet, er stond geen taart in de ijskast, en een fles champagne was behoorlijk ongepast. Maar wij hadden armen die we konden openen en waarin hij vallen mocht voor wij ze klemvast sloten. Dit was mijn vader, en ik was fier op hem, bewonderde hem, adoreerde hem. Hij was meer dan de mooiste van ons allen, hij was de mooiste man die ik ooit zou hebben gezien, een god in momgewaad. Zijn eerste drie maanden in het afkickcentrum had hij achter de rug, hij had volgehouden, straks zou hij gaan zitten en uitgesponnen vertellen hoe het er daar aan toe was gegaan. Nu wachtte hem zijn eerste zware taak: twee dagen en een nacht drankvrij zien te overleven in de werkelijkheid waarin hij werd gesmeten. De vrijheid, hij had ernaar uitgekeken, maar recidivisten waren als de dood voor die twee dagen verlof. Zij smeekten om in de kliniek te mogen blijven en zouden hun povere achtenveertig uren van invrijheidsstelling hebben verkocht aan eender wie om toch maar geketend te mogen blijven aan het strenge regime van het huis. Mijn vader niet, hij was blij om ons eindelijk weer terug te zien.

Hij zette zijn tas met vuile was neer. Zijn sokken, zijn onderbroeken, zijn T-shirts. Grootmoeder hoefde die dingen niet te wassen, tenslotte beschikte de kliniek over een bescheiden wasserette waar de patiënten zelf hun kleren in een trommel konden gooien, maar ze greep dankbaar de tas beet, blij iets te kunnen doen voor haar dappere zoon. Zo was ze. Alsof ze het drie maanden lang had gemist mijn vaders volgescheten en ondergekotste kleren eerst een nacht in een emmer te laten weken en daarna met de hand te wassen omdat voor zulke specifieke gevallen haar wasmachine te ontoereikend bleek. Ze gooide zijn kleren uit de tas, sorteerde ze op hoopjes in het midden van de keuken volgens wasprogramma, en allen stelden we vast dat mijn vader niet één keer in zijn broek had gescheten of gezeken, dat hij zichzelf uitstekend had verzorgd, of in de hand had zoals hij zelf beweerde.

Mijn nonkels lagen nog in bed, afgemat van een vrijdagnacht waarin zij zich hadden moeten bewijzen, waarin ze hun plaats in de pikorde hadden opgeëist en aanspraak meenden te maken op alle vrouwen en rechten van de kroeg. Ze sliepen haastig hun hoofdpijn uit, want straks was het alweer zaterdagnacht, koningin der nachten, zeker dan moesten zij paraat staan om hun reputatie te verdedigen. Grootmoeder stond onderaan de trap, en riep, een wolvin naar haar welpen: 'Zwaren, Herman, Potrel, sta op, onze Pie is hier!' en het moet gezegd dat zij alle drie ondanks hun schijndode staat meteen het laken van hun lichaam wierpen en, de armen kinderlijk scharmaaiend in de lucht, naar beneden holden om hun piasserigste broer terug te zien.

'Pie, godverdomme jong, gij zijt verdikt!'

Zie je wel, iedereen zei het. De jaren dat hij zich plichtsbewust serieel te pletter zoop was hij zijn eetlust kwijtgespeeld. Het was in fases gegaan. Eerst had hij het niet meer voor elkaar gekregen om 's morgens een hap naar binnen te krijgen, ook rokers bereiken dat punt en zullen zelfs als ze er ooit in slagen te stoppen het ontbijt de lastigste maaltijd blijven vinden en waarschijnlijk ook overslaan. Maar die kaap was mijn vader allang gepasseerd, hij kreeg ook 's middags geen vast voedsel meer in zijn mond. En als hij at, dan verstopte hij zijn strot met de vettigheden waarmee zuipers hun katers te lijf gaan en hun lever nog een beetje extra belasten: eieren, overrijpe en stinkende, haast vloeibaar geworden kazen, ansjovissen in olie, van stoverijsaus doorweekte frieten. En nog voor de voedingswaarden van deze maaltijd door het lichaam waren opgenomen had hij zijn spijzen al ergens uitgebraakt. Bierbuiken lagen niet in onze aard, dat geluk hadden we, onze structuur neigde altijd al naar het uitgemergelde, wat ons vatbaarder maakte voor kankers allerhande en onze broekspijpen liet fladderen rond onze beentjes nog lang voor dit weer mode werd. En het zou ooit weer mode worden, alle lelijke dingen kwamen terug. Maar daar zat hij, mijn pa, grootsig als maar zijn kon, fier als een gieter, aan onze ronde keukentafel bedekt met de eeuwige toile cirée waarin wij met onze sigaretten gaten hadden geschroeid, en hij liet zich met het grootste gemak bekijken, genoot ervan bekeken te worden. 'Verdomme Pie, gij zijt verdikt.'

Hij vertelde over de ontbijtgranen die hij nu 's morgens uit een kommetje ontvette melk lepelde. Geen van ons had ooit ontbijtgranen gezien, het bestaan ervan was ons zelfs onbekend, maar walgelijk klonk het alleszins. Ontbijtgranen zeg, met stukjes verse appel zeg, en het sap van twee sinaasappels. En yoghurt. Goed om u een scheur te schijten. En dat allemaal op een uur waarop hij anders al enkele pinten achterover had, hoe had hij het voor elkaar gekregen? Hij vertelde over de sporten die hij er dagelijks had beoefend, voetbal en cricket en softbal en korfbal en squash, en hoe zijn lichaam zich aan zoveel beweging had aangepast. Hij liet ons zijn spieren zien, het was waar, mijn vader zou niet meer met zoveel meters worden verplaatst bij een stevige windvlaag. 's Avonds deden ze spelletjes, debiele maar plezante, en tussendoor werden hem allerlei vaardigheden aangeleerd die hem van pas konden komen in het dagelijkse leven. Maar hij was door een hel gegaan, zeker in het begin. Lucifer had er al het voedsel geflambeerd met whisky en cognac, de asem van elke hellehond had geroken naar drank, en Beëlzebub bediende de tapkraan en bood regelmatig een gratis rondje aan voor allen die hem afvallig waren. Maar hij had volgehouden, en hier zat hij nu, voor twee dagen thuis. 's Anderendaags zou hij zich ten laatste om vijf uur in de namiddag moeten aanmelden, en als hij volledig nuchter was bevonden zou hij voortaan ieder weekend naar huis mogen komen. In het andere geval zou hij weer drie maanden lang het zwaarste programma van de kliniek moeten doorlopen, zonder enig contact met de buitenwereld. Maar hij was er klaar voor, fysiek gezien was hij reeds helemaal afgekickt, aan bier dacht hij niet. En zo hij nog dacht aan drank, dan als aan een aartsvijand, een poenitet waarmee hij niets meer te maken wou hebben. Grootmoeder blonk, zij stelde zich kandidaat om de gelukkigste vrouw van dat moment te zijn, en de jonge meisjes die toen ergens voor het eerst werden gezoend door de leugenaar van hun dromen zouden een taaie concurrent in haar moeten erkennen.

'S Middags demonstreerde mijn vader zijn eetlust boven een bord niet te evenaren bloemkool in kaassaus met varkensgebraad, mijn nonkels hadden hun afterlunchsigaret al helemaal tot op de filter opgerookt toen hij zichzelf nog eens bediende, en nog eens, en nog eens. Ondertussen breeduit vertellend over de bijzonderheden van de kliniek en de prachtige posterieuren van het vrouwelijk verplegend personeel. Hij had moed geput uit het feit dat hij andere gevallen zich van hun verslaving had zien bevrijden, vergeleken met hen was hij, vooruit dan maar, klein bier. Junkies met stukgesnoven neusbeentjes, die de laatste degelijke ader hadden moeten zoeken in een teelbal en zich daar een shot hadden gezet met smerige naalden. Hysterische krengen die apothekers plunderden en alles slikten wat ze te pakken kregen. Zulke gevallen dus. En ook hun was het gelukt. Als zíj het al konden! Hij meende het, hij had zijn laatste glas drie maanden geleden aangeraakt, was klaar voor een gans nieuw leven. Het had hem twee kannen koffie en drie kwart van een pak sigaretten gekost om zijn verhaal te doen, en toen hij eindelijk was uitverteld vroeg hij: 'Hoe is het hier?'

Tja, hoe was het hier? Hoe zou het hier kunnen zijn? Zoals

altijd, zeker? Het was hier stiller geweest zonder hem, dat wel.

'Wat is er zoal gebeurd tijdens die drie maanden?'

Wat er altijd gebeurde. Mijn nonkels konden hier moeilijk de levensstijl propageren die mijn vader probeerde af te zweren. Ze hadden gezopen, achter de wijven aan gezeten, als het geld op was een job in het zwart op een bouwwerf aangenomen tot ze weer voldoende hadden om te drinken, er waren deurwaarders aan de deur geweest, ze hadden een nacht gezeten wegens het toedelen van een slag hier en een verwonding daar, ze hadden hun recht op stempelgeld kwijtgespeeld. Niks bijzonders te vertellen.

'En jij?' Hij keek naar mij. 'Hoe is het op school, kadee?'

Ik toonde hem mijn schooluitslagen van de afgelopen drie maanden. Rood was de overheersende kleur.

'Heb je je best gedaan?'

Ik knikte.

'Dat is het belangrijkste. Als je je best gedaan hebt ben ik tevreden.'

Mijn nonkels kregen dorst en slopen stilletjes het huis uit, tenminste nog zo tactvol om mijn vader niet mee uit te nodigen.

Hij moet een slag in zijn gezicht hebben gekregen, mijn vader, toen hij zijn spullen op onze slaapkamer zette. Het kan niet anders of de geur van alcohol, snurkend uitgewasemd door mijn nonkels, moet hem daar hebben verleid. Vanavond zou hij in die geuren moeten slapen, het was niet uitgesloten dat hij dieper die nacht, naar het ochtendgloren toe, dus eigenlijk in het ondiepe van de dag, in zijn wellicht moeilijk veroverde slaap gewekt zou worden door zijn zingende broers, en veel moeilijker nog zou hij zich van de indruk kunnen ontdoen dat zij gelukkiger waren dan hijzelf. Maar hij zweeg, en opende de ramen. Het zij iedereen vergeven die dacht dat mijn vader daar zou capituleren, dat hij de onmogelijkheid van zijn strijd in de slaapkamer zou hebben begrepen.

'Doe je schoenen en propere kousen aan. Ik heb een verrassing voor je,' zei hij, alsof hij me nog niet voldoende verrast had. Een half uurtje later zat ik met hem in de troosteloze stadsbus, op een bank waarop de plaatselijke jeugd en toekomst sproeiende fallussen had getekend, waar de kussens waren stuk gepulkt en telefoonnummers in het stof op de ramen stonden geschreven onder de loze belofte 'ik pijp je gratis'. Iemand die een wagen bezat vertikte het begrijpelijkerwijs om één voet op die bus te zetten. Ons openbaar vervoer werd uitsluitend genomen door zwatelende schoolkinderen, arme loeders, grootmoeders op weg naar de markt en zuipschuiten die vaak slapend de halte voorbijreden waar ze dachten te moeten afstappen. Ik was vertrouwd met alle categorieën busgebruikers. Ook die keer zat er weer een dronkelap op de bus, en hij deed wat dronkelappen aan hun status verplicht zijn als ze niet in slaap zijn gevallen: vrouwen lastig vallen. Hij waggelde van paal naar paal, smeet zich uiteindelijk neer op een bank waar een vrouw haar onheil had zien aankomen maar deed alsof ze sterk in haar schoenen stond, en gooide zijn arm om haar van angst verlamde hals. Hoe mooi ze was. Dat moest hij aan haar kwijt. En dat hij duizend keer liever met haar was getrouwd geweest dan met de slet die hem verlaten had voor een ander. Mijn vader moet daar zichzelf hebben gezien. Zijn vroegere zelf, vandaar de triomfantelijke blik. Ook hij zal wel meermaals meisjes hebben lastiggevallen ondanks een libido dat ongetwijfeld nergens nog op leek, en het zal altijd mijn vader blijven aan wie ik denk wanneer ik in een grootstad de laatste metro neem en zie hoe de haast obligate zatlap daar zijn stinkende adem te dicht naar het gezicht van een eenzaam meisje brengt. Misschien voelde mijn vader die middag schaamte, beseffende dat hij al die jaren zichzelf compleet lazarus had opgedrongen aan anderen. Zo hij het zich nog kon herinneren. Zelden hadden de vrouwen het lef om die mannen in het gezicht te slaan, hen te vernederen, zelfs de potige buschauffeurs durfden het niet altijd aan om de bezopen lastposten van hun bus te gooien; zij waren al tevreden als ze hun voertuig heelhuids konden afleveren en eindelijk naar huis mochten.

De verrassing waar deze busrit ons naar leidde bevond zich in de Bloemkoolstraat, een grauwe ader die naar het Aalsterse stadscentrum liep, dwars door de oudbouwwijken, zelfs als het niet geregend had een decor voor Ierse films. Maar in die straat had je wel Colmar, zowat de duurste en beste winkel in sportartikelen die we kenden en waar ik van mijn vader nu een paar spikes mocht uitkiezen. Met het geld dat hij zich de laatste drie maanden als geheelonthouder had uitgespaard was een paar degelijke sportschoenen ineens weer tot de mogelijkheden gaan behoren, er zou zelfs nog voldoende overblijven om mijn gebit eens voor te leggen aan een tandarts en een jas aan te schaffen die dik genoeg was om naar een harde winter te verlangen.

Spikes. Het is waar, in die jaren liep ik, bezeten en graag, meestal lange afstanden en het liefst nog in de maanden oktober en november in de velden, wanneer het land het lekkerst rook, de stekelnoten in het zwenkgras stonden. Een groot talent was ik niet, maar ik liep beter dan de middelmaat en het is mij zelfs een paar keer overkomen dat ik met een medaille of zelfs een trofee terugkeerde van een wedstrijd, laat ons zeggen per ongeluk, wanneer de beteren het lieten afweten. Atletiek was de evidente sport voor wie het minder had, men had er geen enkele accommodatie voor nodig. Lopen kon je overal, gratis. De grote loopster Zola Budd bewees in die jaren dat je zelfs blootsvoets records aan diggelen kon snellen en er was een hele generatie Ethiopiërs en Kenianen op komst die voorgoed de armoe boven een paar spikes zou aanbevelen aan de jonge aspiranten voor de lange afstand, hetgeen er mij niet van weerhield dolgelukkig te zijn met mijn nieuwe schoeisel. Het heeft er ingezeten, en veel voorwaarden hoefden er niet meer vervuld te worden, dat ik vandaag geen onaardige loper zou zijn geweest. Mijn uithoudingsvermogen was goed, zeer goed zelfs als deze onbescheidenheid mij wordt toegestaan, en het is zonder wrok dat ik vaststel dat ik nu geen vijf kilometer zou kunnen afmalen in minder dan een half uur. Tenminste, dat veronderstel ik, want ik denk er allang niet meer aan om in korte broek rondjes te sjokken. Het idee alleen al om in korte broek mijn huis te verlaten werd te zwaar om te dragen, laat staan dat ik ook nog eens zou lopen in dat pak. Het was pas later, toen ik Alan Sillitoes bekendste werk *The Loneliness Of The Long-Distance Runner* las, dat ik begreep dat het pure logica was geweest dat ik als kind een loper was geweest. Lopen was de sport van de internaten, de weeshuizen, de tuchthuizen en de jongerengestichten waarin ik nog terecht moest komen. Scholen waren trots op de sportieve exploten van hun leerlingen en verbonden graag hun naam en faam aan de winnaar, alsof hun suffe onderwijs en discipline mee de winnaar hadden gemaakt. Geen wonder dat ik het steeds liet afweten op interscolaire wedstrijden, er net als het hoofdpersonage in de novelle van gruwde een overwinningsbeker aan mijn school te schenken.

Lopen was bovendien de sportieve erfenis van mijn vader.

Ik wist dat hij zich in zijn jeugdjaren nog verdienstelijk had getoond op dit gebied, uit mijn vroegste kinderjaren herinner ik mij het verhaal dat ons gasfornuis de eerste prijs was die mijn vader met een veldloop had gewonnen, mijn moeder was dolgelukkig dat hun hele huwelijksuitzet uit mijn pa zijn benen kwam. Lang heb ik moeten horen dat hij door zijn eigen vader werd getraind die, sigaar in de smoel, het hele trainingsparcours per bromfiets aflegde. Vandaar mijn vaders vreugde toen ik mij lid maakte van de atletiekvereniging. Vandaar het plezier waarmee hij me een paar peperdure spikes cadeau deed. De ijdelheid, in iets te worden opgevolgd door zijn zoon.

'Die schoenen moeten worden ingelopen voor je 'r mee aan de start verschijnt.'

Nog diezelfde middag stond mijn vader met mij in trainingsplunje op een veld waar 's zomers de maïs zo hoog opschoot dat de jonge bofkonten van Reetveerdegem er gingen neuken, al zal dat wel een hoofdstuk in het verhaal van alle dorpen met maïs zijn. In lichte looppas naast elkaar. 'Ademhalen na elke vierde pas!' Ik hield hem voor gek, voor de typische dertiger die panisch omsprong met zijn leeftijd en via een overdreven inhaalbeweging zijn definitief verloren spierkracht wou recupereren. Sportcentra worden schatrijk aan zulke mannen. Hij mocht dan misschien gestopt zijn met drinken, schade zou hij aan zijn verleden overhouden en hij was overigens nog altijd een kettingroker die de slijmen hier met zijn benen uit zijn longen probeerde te stampen. Maar hij hield vol, één twee drie vier en adem, één twee drie vier en adem, en voerde het tempo gestaag zodanig op dat het mij moeite kostte in zijn spoor te blijven. De strijd waarin wij verwikkeld waren was deze die vaders en zonen nooit kunnen laten tot de leeftijd hem definitief beslecht, de strijd om wie van de twee het sterkst mag zijn. Vaders reiken hun zonen steeds het wapen voor de vadermoord aan, ze smeken erom te worden verslagen. Die dag zat eraan te komen, in veel speelse worstelpartijen hoefde ik niet meer te worden uitgedaagd voor ik mij sterker dan mijn pa zou tonen en ik hem zou achterlaten met enerzijds de trots dat zijn telg fysiek de volle wasdom had bereikt, en anderzijds het pijnlijke besef van zijn reeds ingezette verval. Maar aangebroken was die dag nog niet. Voorlopig liep hij nog sneller en vooral verder dan ik, mijn milt stond ongeveer op springen toen ik hem vroeg het rustiger aan te doen. En het was duidelijk dat hij opgelucht was dat ik dit vroeg, ook hij liep op zijn tandvlees, de laatste kilometer had zijn wilskracht het overgenomen van zijn benen.

'Je loopt verdomme goed, kadee,' hijgde hij. Hij zag bleek, maar of dat dan bleker was dan ikzelf wist ik niet.

'Zitten je spikes goed?'

Niets had ooit zo goed gezeten als deze loopschoenen om mijn voeten.

'Heb je morgen wedstrijd?'

Ik knikte. Ik moet in die tijd veel hebben geknikt.

'Ik kom kijken, kadee.'

Het fenomeen van supporterende ouders was me bekend, ik hoorde ze elke week vanaf de kant de namen van hun jongens schreeuwen, meestal voorafgegaan door een inspiratieloos 'allez', en een zeldzame keer gevolgd door een tactische raadgeving die nergens op leek. Het ergerlijkst waren de vaders die met hun fiets langs het parcours reden. Voor mij hoefde dit niet. Het gevoel een vader te hebben die in mij geïnteresseerd was had ik, jeugdrechters heb ik daar nooit van kunnen overtuigen. Dat hij mijn wedstrijden volgde zou dat gevoel niet versterkt hebben, en anderzijds zou het dat gevoel nooit opgewekt hebben indien ik het niet bezat. Maar ik kon begrijpen dat mijn vader vooral voor zichzelf wou tonen dat hij een vader was, bovendien had hij net drie maanden in een ontwenningskliniek gezeten en is het niet onvoorstelbaar dat hij zowel zijn zoon als zijn vaderschap had gemist. Dat mijn vader 's anderendaags voor mij zou supporteren zou mij alleen maar het gevoel geven dat ik minstens een podiumplaats moest halen, ik kende onderhand al zoveel geschiedenissen van een verwachting dat ik wist wat dit betekende. Nou ja, als hij zo nodig naar mijn wedstrijd wou kijken, dan moest dat maar.

Na onze looptraining ging mijn vader niet afgemat doch tevreden in de zetel liggen voor een dutje, niemand zou hem daarop aangekeken hebben, maar liep hij rusteloos door huis tot hij zich een bezigheid had gevonden. De ontdekking van een oude pot vernis bracht hem aanvankelijk tot bedaren. Hij smeet zich vol overgave op de staldeur, die niet echt aan vernieuwing toe was, en voorzag ze van een nieuwe laag glans. En omdat het vernissen van een staldeur geen uren duurt, zelfs niet voor een onhandige perfectionist, greep hij meteen daarna de grasroller beet en maaide hij het weinig vierkante meters tellende gazonnetje, hoewel ook dat compleet zinloos was. Er zullen nooit genoeg staldeuren en gazonnen op de wereld zijn om een ex-drinker de rust te geven die hij in een bak bier vond.

Nagelbijtend doorstond hij de leegheid van de televisie. De ene sigaret werd met de andere aangestoken, hij pulkte aan zijn moustache en friemelde onophoudelijk aan zijn tenen, en ook de koffie moest voortdurend worden opgegoten. Uiteindelijk kon hij zijn zenuwen botvieren op een avondmaal van zeven boterhammen met gezouten spek waarop een millimeters dikke laag mosterd was uitgesmeerd. Hij sleepte zich van de ene vadsige maaltijd naar de andere, beet balpennen en tandenstokers kapot. Slechts tijdelijk zou hij van dienst zijn geweest met een tiental vrouwen die in een uitstekende conditie verkeerden, maar ook hen zou hij tot uiterste uitputting hebben gedreven om naderhand vast te stellen dat zij niet de juiste honger hadden gestild. Onze Potrel vroeg het hem toen hij weer thuiskwam om te eten, een kwestie van er sterk op te staan als het grote drinken later die avond begon:

'Drie maanden in die kliniek, jong, gij hebt waarschijnlijk eelt op uw poten van aan uw fluit te trekken.'

'Ge zoudt uw ogen lelijk opentrekken als ge wist wat er daar allemaal op mekaar kruipt. Personeel met personeel, cliënteel met cliënteel, personeel met cliënteel.'

'Serieus? Ja maar, als het zo zit ga ik mij ook laten opnemen. Zo geraakt iedereen van de drank.'

'Dat peinst gij. Ik zou u nog wel eens willen zien zonder.'

Inmiddels was ook onze Herman komen opdagen, aan de stand van zijn ogen te zien was zijn dag al een glas of twintig oud, en vroeg hij mijn vader straks mee te gaan naar 't café.

'Ge moet uw muil eens laten zien, jong, iedereen denkt dat ge getikt zijt omdat ge al drie maanden in die psychiatrische kliniek zit. De mensen zeggen: jullie Pie is zot. Ik ben dat beu om te horen dat ge zot zijt, want dan moet ik altijd op die gasten hun smoel slaan en ik heb daar ook niet altijd de goesting voor. Steekt alstublieft uw bakkes eens binnen dat ze zien dat ge nog normaal zijt.'

'Ja, Pie,' zei onze Potrel. 'De mensen vragen heel de tijd naar u, ze missen u. Iedereen is er, want het is biljart vanavond.

Willy De Facteur, Fonske, Pieter Kous, Smalle André, Dikke Swa, de lispelende onderpastoor, Rudy en Arlette, Jean-Paul van Cannoot, Freddy de coiffeur, Kamiel van Mael... Ze zitten daar op u te wachten.'

'En het is toch niet omdat ge op café zit dat ge moet drinken,' probeerde onze Herman diplomatisch te wezen: 'Ze verkopen daar ook Tourtel.'

Tourtel, dat was het eerste merk alcoholvrij bier dat we kenden en er werd enorm op neergekeken. Cultuurpessimisme is het woord dat het best benadert wat wij voelden toen Tourtel op de markt kwam, en we zagen gelijkaardige vormen van verarming greep krijgen op de hele maatschappij. In de winkelrekken stonden plots ook pakken cafeïnevrije koffie die we vertikten af te nemen, nicotinevrije sigaretten werden schaamteloos gepromoot door apothekers met een eenzijdige kijk op het welzijn, boter zonder een spoor van vet moest huismoeders moderner maken. We staken het op de Amerikanen, die vonden allerlei niet voor menselijke consumptie geschikte artikelen uit waarmee ze hun barbarij aan de rest van de wereld konden opdringen.

'Straks vinden ze nog vleesloos vlees uit,' zei onze Herman. Hij moest ook altijd overdrijven.

Tourtel, mijn vader had daar zo zijn ideeën over: alcoholvrij bier verhield zich tot bier als een neukpop tot een vrouw, en het was niet omdat hij gestopt was met drinken dat hij deze mening zou herzien. Dan nog liever gans de avond watertjes.

'Awel, drink dan gans de avond watertjes, kan ons het schelen. Wat gaat ge doen? Hier gans de avond in de zetel zitten, met uw moeder naar die Duitse shows kijken? Doe niet onnozel en ga mee biljarten!'

Mijn vader zou niet zijn hele leven lang de alcohol kunnen ontlopen, dat wist ook hij. Eens zou hij zijn werk weer moeten hervatten en zou hij op zijn vertrouwde ronde brieven ronddragen. Geen enkele postbode had zoveel cafés op zijn ronde als mijn vader, het was ooit zijn geluk geweest. De Geraardsbergsepoort, de Korte en de Lange Zoutstraat, de markt. De vunzigste kroegen bevonden zich daar, de menselijke fauna ging er kruipend buiten, en iedere kroegbazin kende haar verplichtingen aan de tradities en schonk de postbode een pint als hij de brieven en de kranten op haar schenkbank smeet. 's Winters was het een alom aanvaarde daad van barmhartigheid de facteur een borrel aan te bieden die hem zou sterken tegen de vrieskou en de vuile wind. Porto en zo. Hoe straffer het spul, met hoe meer diminutiefjes het werd benoemd. Portootjes. Cognacjes. De lente leek voor de lever van een postbode onhaalbaar ver, wat vele van die levers wel degelijk heel goed hadden ingeschat. En als hij de oudjes hun pensioen kwam overhandigen, dan moest en zou hij plaatsnemen aan de keukentafel waarop de kruik jenever reeds klaarstond naast twee glaasjes en een kist goedkope sigaren waarop een Franse koning in nylonkousen stond afgebeeld. Morgen of overmorgen zou een dokter mijn vader officieel ontwend verklaren en hem het beste wensen, en dan zou hij tegen al die jenevers en pilsjes en portootjes op zijn ronde neen moeten zeggen. Neen, neen, neen. En daar dan 'dank u' achter, want beleefd moest men blijven als men u zopas uw eigen ondergang had aangeboden. Wat zou hij daartoe in staat zijn als hij nu nog niet kon gaan biljarten in De Volkskring?

'Jullie hebben gelijk, ik ga mee biljarten! Maar niet tot een kot in de nacht.'

Het hele gesprek door had mijn grootmoeder stilzwijgend denkbeeldige pluisjes van haar keukenschort geplukt, dat deed ze altijd als ze zenuwachtig was en misschien dat wij deze trek van haar zouden overgenomen hebben als we geen snorren hadden waaraan we konden trekken op moeilijke momenten. 'Pierre, ge gaat toch niet onnozel doen?'

'Ik ga mijn verstand gebruiken, moeder, ge moet u niet ongerust maken. Gewoon een beetje biljarten met de vrienden en dan naar huis. Echt waar, voor ge goed en wel beseft hebt dat ik weg ben, ben ik al weer thuis.'

'Ja maar...'

'Ja maar wat, moeder?'

'Ja maar niks.'

Een bad had hij zich al genomen. Hij zou zich wel vijf keer een bad hebben genomen om zijn gedachten te slachten. Het enige wat hij nog hoefde te doen was in zijn jas te schieten en zijn broers te volgen. Voor hij de deur dichtsmeet draaide hij zich nog eens om, naar mij.

'Ge weet, kadee, morgen kom ik kijken naar de wedstrijd. Ga maar vroeg slapen, dat ge goed fit zijt.'

De rest van de avond bracht ik door met mijn grootmoeder, kijkend naar de Duitse televisieshows waaraan ze was verslingerd en die haar telkens melancholisch achterlieten. Ik veronderstel dat die schlagers haar ondersopten in een mengelmoes van tegenstrijdige gevoelens, haar terugbrachten naar een oorlog die nog het hevigst had gewoed in haar maag, haar hongerjaren. Maar ook naar een jeugd die zich afspeelde tijdens een luchtalarm, en waarin gedanst en gevrijd moest worden ondanks alles. Tegen de tijd dat het land werd bevrijd was mijn grootmoeder al luiers aan het verversen, wachtte ze op de thuiskomst van een man die inmiddels zijn ware gelaat liet verouderen aan de drank, en die haar nog veel te vaak zou bezwangeren met een stuk in zijn frak. De mooiste momenten van haar leven moeten zich hebben afgespeeld op de donkerste pagina's van de geschiedenis, haar geluk werd verdonkeremaand onder de zware, zwarte inkt van historici, en de chronologie van magere en vette jaren is aan haar voorbijgegaan. Wanneer ze die Duitse hoempapa's nu voor de televisie meezong lachte ze een heel klein boogje op haar mond terwijl ze de tranen van haar ogen dopte met de zakdoek die ze voor deze gelegenheden altijd bewaarde in de mouw van haar gilet. Al die blaaskapellen, tafels vol heupwiegend publiek, jagershoeden met fazantenveren, pofbroeken die werden opgehouden door bretelles en jodelende Julia's, hadden op mijn grootmoeder het effect van wat een huidige generatie kwakzalvers tegenwoordig wel regeneratieve hypnose zal noemen, en met plezier nam ik die zaterdagavonden de rol van luisterend oor aan, genietend van haar herinneringen aan charlestons, aan het gouden decennium van het witte doek, toen cinema nog bioscoop moest worden, en toen erotiek zich nog hevig afspeelde in de dichte omtrek van een ontblote knie. Daar zat ze, in haar zetel, mijn gekrompen grijze engel, meeneuriënd met 'Johnny, wenn du Geburtstag hast'. Neuriënd, omdat zingen haar verdriet aan mij verraden had. Een vertelling was de vrucht van haar leven, en nu ook ik uit steeds meer vroeger ga bestaan leer ik daar vrede mee te nemen. Misschien ben ik wel zeer tevreden met deze voor een heiden toch povere winstmarge van een bestaan, zodanig zelfs dat mijn meisje me soms nu reeds in mijn vertellingen onderbreekt omdat zij ze al voor de tiende keer aanhoort. Een zetel voor een vertelling is ook waar wij ons naar toe slepen, wij worden elkanders vertelling die een van ons twee zal moeten doen, en ik stel er mij misschien te sterk op in dat zij het zal zijn die het laatste woord zal nemen. Maar het kan ook ik zijn die, op een avond die ik zonder haar niet meer halen wou, de anderen verveel met ons geluk van nu, zodat ik alsnog de zinnen zal zwijgen die ik tot dan zal hebben opgepot.

Over Duitse televisieshows mag men beweren wat men wil, ze kennen geen mineurs en laten de kijker graag geloven dat het leven één groot feest is. Des te groter is de smak waarmee men weer in het tijdelijk vergetene valt wanneer de presentator tijdens de aftiteling meedeelt dat de volgende editie bier en gezang zal worden opgenomen in Westfalen, of München, alleszins ergens waar men over een grote Oktoberhal beschikt, maar dat het voor deze avond afgelopen is. Mijn vader was nog niet thuis en van onze klok wisten we dat ze nooit een seconde voor of achter liep. Biljart kon lang duren. We keken naar een film waarin onderbelichte borsten waren te zien en vrouwen tijdens de paring te dicht tegen de micro hijgden, alles nog binnen de perken van het zedelijk aanvaardbare maar toch prettig onderhoudend voor een jongen, en waarin de personages vervolgens kinderen en echtelijke ruzies dienden te krijgen, dodelijke ziektes waren ook goed, zolang de verhaallijn maar afstevende op een deprimerend einde waaraan dan een troostend randje werd gebreid, bijvoorbeeld doordat de kinderen van de terminale moeder op haar aangeven in een keurig pleeggezin werden geplaatst of de overspelige man een onheil overkwam dat niemand hem misgunde.

Alle actrices op alle netten waren uitgehijgd, het zweet op al hun reeds weer geklede lijven reeds koud, en mijn vader was nog steeds niet thuis. De films waar we nu nog naar konden kijken waren niet voor mijn leeftijd bestemd, films met een betere belichting, en ik betwijfel het of mijn grootmoeder ze ook zonder mij zou hebben bekeken. Ze trok naar de badkamer, waar ze haar tanden uitrochelde en een peignoir aantrok. Daarna trok ze alle stekkers uit, voor het geval er een onweer zou losbarsten, want er was geen onweer voorspeld en de weersvoorspellers zaten er dikwijls naast. Zoals elke avond droeg ik haar nachtemmer de trap op.

Biljart kon lang duren.

Zoals ik zijlings in mijn bed, en zoals mijn grootmoeder ongetwijfeld toen, zo moet mijn dwaze moeder vele nachten naar de wekker hebben gekeken. En bij het geluid van elke vertragende wagen in de straat hebben gehoopt dat het een taxi was die mijn vader kwam afleveren, het deed er al niet meer toe in welke staat, als hij er eindelijk maar was. Van ieder bladgeritsel onder het raam zal wel even tegen beter weten in zijn geloofd dat het een hand was die in een broekzak schoof, en er scharrelde naar sleutels. Om dan te zijn ingeslapen zonder het te beseffen, zonder zich nauwkeurig te herinneren wat het laatste uur was dat men half bewusteloos aflas van de wekker, en wakker te worden in een kamer die niemand anders nog die nacht betrad.

Mijn vader was niet thuis toen wij ontbeten. En hij was niet thuis toen de sperziebonen 's middags werden warm gehouden voor mocht hij toch nog opdraven. Mijn nonkels ook niet, maar zij hadden niet uitdrukkelijk te kennen gegeven dat dit verwacht mocht worden. En ik ben die middag met spiksplinternieuwe spikes gaan lopen zonder de druk van een supporterende vader op mijn schouders.

De opvolging is verzekerd

Er zijn twee mensen die ik haat, dacht ik aan de hoofdingang van het hospitaal. Twee vrouwen. Uit de ene was ik geboren, en de andere was op dat ogenblik mijn kind aan het baren. Je zou kunnen spreken van enig verband tussen de twee, maar dat is vast slechts een indruk. De geest is troebel wanneer je op het punt staat niet langer een zoon te zijn, maar plots een vader. Later zou ik dat allemaal wel nuanceren, daar dienden laters voor. Iedereen had zijn karakter, zijn lelijkheden, het was aan mij geweest om vast te stellen dat ik met sommige types niet kon samenleven, ik had verstandiger moeten zijn. Spijtig dat ik eerst een kind had moeten maken om tot zulke inzichten te komen. Spijtig ook voor de zeer aanstaande moeder, die ik ongeacht de toestand vroeg of laat zou moeten verlaten als ik nog de moed had om ooit gelukkig te zijn. Men is toch altijd een beetje klootzak wanneer men een vrouw met een kind laat zitten, maar dat komt omdat je veel te weinig klootzak was om die vrouw te verlaten toen je haar nog niet met een kind had volgestampt. Dat had ik weer goed gedaan. Ik zou iemand ongelukkig maken, of dan toch ongelukkiger dan zij was, of zelfs zijn wou, want soms mag men mensen daarvan verdenken. Ongelukkig, voor het gemak.

Een kind als afscheidsgeschenk, er zijn vrouwen die minder kregen.

'Is alles in orde met meneer?' Een verpleegster met een affreus mombakkes, die de walging van mijn gezicht las maar deze voor onpasselijkheid hield. Ik was goed op weg om eigenlijk heel de wereld te haten. Mij een zorg, het moest zijn dat de wereld erom had gevraagd. Zo'n dag was het. Zag ik er overigens uit alsof mij gevraagd moest worden of met mij alles in orde was? Ik kon best iets verdragen. Al vlogen haar darmen eruit, ik zou geen krimp geven.

'Ik ga even een wandelingetje maken,' zei ik, 'een fris luchtje scheppen.'

Terzelfdertijd bedacht ik hoe belachelijk die uitdrukking was. Wie schept er nu lucht?

'Uw vrouw heeft een ontsluiting van zoveel centimeter, als ik u was zou ik die wandeling niet te lang rekken, als u tenminste de geboorte niet wil missen.'

'Ze is mijn vrouw niet, we zijn niet getrouwd. Staat hier ergens een sigarettenautomaat?'

'Meneer, dit is een hospitaal. Ziet u ons hier al sigarettenautomaten plaatsen?'

Trut. Geit. Er stonden wel cola-automaten in de gangen. Was dat geen vergif misschien?

Aan de hoofdingang stond gelukkig een kankerpatiënt, die hebben meestal sigaretten bij de hand.

Ergens in dit rotgebouw was wel een winkeltje waar vooral kranten en tijdschriften werden verkocht. En doktersromannetjes. En bloemen. En mandjes met bespoten druiven. Als ik mij niet vergiste waren daar ook sigaretten verkrijgbaar. Maar het was nog nacht, of ten minste was de zomerzon nog maar net aan haar dagelijkse sleur begonnen, dit voor een ganse dag die veel te warm beloofde te worden, en de betraliede rolluiken van dat winkeltje waren nog niet opgetrokken. Ik bietste een sigaret van de kankerpatiënt.

'Het is hier wreed,' zei ik, om toch iets te zeggen, 'nergens in dit gebouw mag je nog een sigaret opsteken. Vroeger had je in de ziekenhuizen tenminste nog aparte rookkamers waar de stank weliswaar niet te harden was, maar je hoefde toch niet naar buiten om te paffen. Rokers worden alsmaar meer behandeld als leprozen.'

'Moet je vrouw hier bevallen?' vroeg hij, in plaats van het voorspelbare gesprek te voeren dat ik had ingezet.

'Ze is mijn vrouw niet!'

Dat gaf min of meer antwoord op zijn vraag.

'Zeventien jaar geleden stond ik hier ook, net als u nu, te roken tot mijn vrouw zou worden ingeleid. Het werd een keizersnede.'

'Ach zo,' zei ik. Wat anders moet een mens daarop zeggen? Kon mij die snee veel schelen.

Zo gaat dat. De levenscyclus. Over een paar jaar zou het dan aan mij zijn om zijn plaats in te nemen.

Ik was blij toen hij zijn sigaret had opgerookt en terugkeerde naar zijn kamer. 'Tot ziens,' had ik gezegd, hoewel wij beiden beter wisten. Daar stond ik. Een grotere kinderhater dan ikzelf had ik nog nooit mogen ontmoeten, mijn walging voor baby's was zo groot dat ik gemeden werd door vriendinnen die zich ondertussen zelf reeds hadden voortgeplant in een wezentje waar uiteraard geen kwaad woord over gezegd mocht worden, dat slim was voor zijn leeftijd, al goed kon praten voor zijn leeftijd, kortom een nieuwe Albert Einstein was. Geen mens had ooit zo luid staan roepen dat hij geen kinderen wou als ik, en kijk, op een boogscheut van mij leed er iemand de gangbare pijnen om een kind, mijn kind, op aard te persen. Belachelijker kon ik mij niet maken. Hoe had ik er, en dit vele jaren lang, zo gerust in kunnen zijn dat mijn vruchtbaarheid zich zou aanpassen aan mijn overtuigingen, dat de onwil van mijn hersens zich zou hebben uitgezaaid naar mijn ballen. Zo'n personage als ik er een geworden was kon alleen maar worden bedacht door Griekse tragedieschrijvers en scenaristen van televisiesoaps waarin de logica van de karakterontwikkelingen ondergeschikt is aan de stommigheid. Er was nog een waterkansje dat het kind straks dood geboren werd, of zodanig verminkt, chimerisch indien nodig, en plantaardig ter aardkloot kwam dat het niet levensvatbaar wou worden bevonden. Het zou mij in dat geval moeite kosten om mijn vreugde te verbergen. Zelfs al had ik in God geloofd, het was weinig waarschijnlijk dat hij oor zou hebben gehad naar een gebed om een, alstublieft, alstublieft, doodgeboren kind. Het prachtigste wat mij overkomen kon, was dat er zo dadelijk een klein mulatje in mijn armen werd gelegd door verpleegsters die mij medelijdend zouden aanstaren. Dan hoefde ik niemand te verklaren waarom ik mijn koffers nam, iedereen zou met mij te doen hebben, mij steunen. Maar de voorgeschiedenissen zouden hetzelfde zijn gebleven. Bedrogen zijn, zou één mens er ooit zo hard op hebben gehoopt als ik toen?

Mijn sigaret was opgerookt, ze had me niet gesmaakt, maar ik verlangde meteen naar nog een. Ieder ander man in mijn schoenen was naar het gebouw gegaan om er zijn vrouw bij te staan in wat zij zich, naargelang, als het mooiste of pijnlijkste moment van haar leven zal herinneren, of beide. Ik niet. Het ging niet. Straks misschien. Voorlopig kon ik mezelf wijsmaken dat ik nergens beter kon zijn dan aan de hoofdingang van een hospitaal.

Zie je wel, dacht ik, dat het geen schande is om geen kind te willen. Onze kinderen worden geboren in een hospitaal.

Het zijn ziektes. Ze willen, nog ziekelijker.

Er gromde een hond, ergens in de buurt, maar ik kon hem niet zien. En hoewel de jaren ertussen mijn vermoedens onredelijk maakten moest ik meteen aan Blondi denken. Telkens wanneer ik een woeste hond had gehoord had ik aan Blondi gedacht, waarvan onze Potrel en ik zeker wisten dat zij zich zou revancheren. Het was een hondenleven, misschien zelfs al twee hondenlevens geleden dat dit beest zich van haar ketting had weten los te rukken. De neus was het geheugen van zo'n beest, desnoods snuffelde zij de hele aardbol af tot zij ons zou vinden, maar vinden zou zij ons. Wraaklust kon het leven verlengen, daar waren vast wel legendarische voorbeelden van te vinden. Een redelijk verstand zou mij met naakte feiten tot de orde hebben geroepen, maar: dat was het! Wij hadden de puppy's van Blondi verzopen. Met pijn in het hart, maar dat kon het beest niet weten, en indien zij het wist dan negeerde die teef onze onschuld. Hoe had Blondi zich beter kunnen revancheren dan zolang te blijven leven tot ik zelf een puppy had? Had een van ons ooit die hond nog gezien nadat zij zich had bevrijd? Neen. Hadden wij haar dood gezien? Neen. Conclusie?

Het gegrom van de hond kwam dichterbij, een geluid dat postbodes hebben geleerd zeer ernstig te nemen.

'Hier zeg ik u! Hier! En wat rap! Zit! Zit! En blijven zitten!'

De stem van iemand die nooit zou worden aangeworven als telefonist, dat moest hij als een voordeel zien. Zijn hond, een reu, was verhit geraakt na het zien van een andere reu, en werd meteen bij de halsband gegrepen. En toen ik mij ontgoocheld begon te voelen bedacht ik meteen hoe idioot het was geweest te hopen dat een oude hond van twintig jaar geleden haar stinkende muil zou zetten in het weke halsje van een baby. Mijn baby. Ik mocht dan wel bereid zijn te aanvaarden dat sprookjes bestonden, ik bevond er mij niet in.

Ik keek op mijn horloge, een ergerlijke tic die ik van nietrokers had overgenomen. Misschien was mijn kind temidden van al dat beton al geboren, of liep daarbinnen een verpleegster als een dolle koe mij te zoeken zodat ik niets zou missen van het superbe ogenblik. Nog een uurtje en het winkeltje met sigaretten zou opengaan.

Er was een man naar buiten gewandeld, aan zijn buitenaardse glimlach kon je merken dat hij zopas vader was geworden. Daarboven in de gangen liep het vol met mannen die lachten, en er zou van mij verwacht worden dat ik straks ook lachend door de gangen liep. Mijn hele nabije toekomst vulde zich met lachende mannen, ik zou ze over enkele dagen zien op de Dienst Bevolking in het stadhuis, waar ik een van hen zou zijn om dat kind te laten registreren. Moest het nog een naam hebben ook, net als boten, mottige villa's en orkanen. De man, feestelijk gekleed, greep een telefoon uit zijn vestzak, en riep: 'Goedemorgen grootmoeder en grootvader, sorry dat ik jullie zo vroeg wek...' Want dat waren die twee aan de andere kant natuurlijk net geworden, grootmoeder en grootvader, zoveel begreep ik wel. 'Een zoon,' riep hij, 'een zoon!' en ik werd bang dat het eigen is aan vaders om te roepen en alles twee keer na mekaar te zeggen.

Ik zou straks niet bellen. Mijn moeder, als ze tenminste nog leefde, zou ergens, ik wist niet waar, wakker worden als een grootouder en het niet beseffen, ik sloot niet uit dat het ook mij ooit ging overkomen. Want die troep moest ik er straks bij nemen, ook ik kon nu grootvader worden, al was dat meteen wel heel ver vooruitgedacht. En mijn vader? Zou hij zich vandaag vrolijk hebben bezat om de reden die ik hem tegen mijn goesting gaf? Zou hij een beetje begrip hebben getoond?

('Wat zeg je? Dat kind niet gewild? Een ongelukje? Gij stomme kloot, ongelukjes bestaan niet met wat er tegenwoordig allemaal aan pillen en rubbers en abortustangen op de markt is. Ik weet wat dat is, een ongelukje, maar gij toch niet. Toen uw moeder zwanger was van u was dat een wreed ongeluk, mijn leven was naar de kloten godverdomme, maar ik stond niet met zo'n uitgestreken bakkes als die van u in het moederhuis.')

Ik ken het verhaal, het was omzeggens een klassieker voor die gelegenheden waarbij mijn ouders met andere jonge ouderparen aan tafel zaten. Blijkbaar had de geboorte van een kind op hen een zodanige indruk nagelaten dat het moeilijk was dit onderwerp niet aan te raken. Het was dat of het oprakelen van vunzige moppen waarbij de vrouwen zich gereduceerd wisten tot het stuk vlees dat ondertussen op hun bord lag te bloeden, naast enkele kroketten die het overbodige vleessap opslorpten en smaakten als doorweekte kranten, de keukenspecialiteit van mijn moeder die wij allen prezen en zouden blijven prijzen tot we noodgedwongen onze vorken in andere potten moesten stoppen.

Het was al de derde of vierde keer dat mijn moeder zich aanmeldde bij de nonnen die mij zouden helpen geboren worden. En telkens was ze weer naar huis gestuurd omdat de zustertjes geen drie vingers, laat staan hun hele vuist in mijn moeder kregen geduwd, en er met andere woorden geen sprake kon zijn van een alarmerende ontsluiting. Zij was nogal hypochondrisch van aard, en kleinzerig, een combinatie die je wel vaker aantreft en waar ook ik helaas mijn deel van heb. Anderzijds wil ik ruimte openlaten om mijn moeder van een zekere achterdocht naar die nonnen toe te verdenken, en ik zou er haar in bijgetreden hebben. Geen enkele vrouw zou met een gerust gemoed mogen bevallen in een katholieke materniteit, waar nonnen altijd uit jaloezie sadistische trekken kunnen vertonen als zij met hun fikken in een van zonden doorsopt geslachtsorgaan zitten te woelen. Zij zouden wel eens wraak kunnen nemen voor hun eigen leven van onthouding en gebed, en vaker de verlostang hanteren dan nodig. Zo'n non kan ik mij wel voorstellen, ze verschijnt aan mij als een monkellachende kwezel van hooguit een meter zestig die schaambenen met slecht gesteriliseerde bouten heel breed openbreekt, haar perversiteiten verantwoordend met de woorden uit de Schrift, waar de barenspijn de noodzakelijke straf is, de erflast die alle vrouwen achter hun naam hebben omdat de allereerste vrouw op aard al meteen een stom en leugenachtig wijf was. Dus begrijp ik de argwaan van mijn moeder wel, die moord en brand zou hebben geschreeuwd, iedere keer dat ze meende van mij te moeten bevallen.

De vrouw met wie mijn vader wegens een slecht gecontroleerde drift zeer recentelijk nog was moeten trouwen kwam drie tot vier keer zonder baby terug thuis van het moederhuis, en dat hij haar zal uitgelachen hebben hoeft geen twijfel. Toen ze op een zondagmiddag vol taarten en voetbaluitslagen daadwerkelijk weeën kreeg werd er al geen geloof meer aan gehecht, en vertrok zij zonder mijn vader naar haar beulen. Als het zover was moest ze hem maar bellen op het nummer van café Las Vegas, waar hij zou zitten, want een telefoon bezaten wij niet. En hij moest toch ergens zitten waar men bereikbaar was.

Een maandagochtend was het, en buiten goot het pijpenstelen, toen de handen van Zuster Philomène me met mijn kop uit mijn moeder trokken, een goed begin was anders. Mijn vader was daarbij niet aanwezig, en hij zou nog lang op zich laten wachten, opdat ik het gewoon kon worden op hem te moeten wachten. Hij zat, geheel volgens afspraak, in café Las Vegas, de kroeg waarin hij om en bij de tweeënveertig weken eerder bruusk een punt had gezet achter zijn vrijgezellenleventje, vlug vlug in een wc. Iets na tienen was het toen in café Las Vegas de telefoon riedelde en alle matineuze drinkers naar de kroegbaas riepen: 'Hey, Willy, als het mijn vrouw is, zeg haar dan dat ik hier niet zit.' Iets na tienen toen Willy de hoorn beetnam en vroeg: 'Wie zegt u?', waarna hij luidkeels mijn vader riep. 'Pie! 't Is voor u! 't Moederhuis!' En het zal wel stil geworden zijn in de kroeg, men zal de stekker van de jukebox hebben uitgetrokken, en de ogen van mijn telefonerende vader hebben gadegeslagen; zompige ogen die voor wie hem kende bescheid gaven van een geboorte. Hij haakte in. Haalde even heel diep adem om zijn mannelijkheid te bewaren. En verloste daarna uiteindelijk zijn vrienden van hun nieuwsgierigheid. 'Een zoon! Ik heb een zoon! Geef ons allemaal iets te drinken!' En Willy nam zijn grootste berkemeiers, kroezen die hij jaarlijks meebracht van Beierse bierfeesten, en vulde ze met bier, bier, bier. Bier voor alleman. Een mens diende zich volledig bekotebikkerd te zuipen als hij zopas vader was geworden. De traditie vroeg het, en haar kon je niets weigeren.

Hij zou mijn moeder vast wel een bosje bloemen hebben meegebracht, ware het niet dat uitgerekend die dag het hele land werd lamgelegd door stakingen van zowel het overheidspersoneel als van de middenstand, waarschijnlijk de ene groep uit onvrede met het loon, en de andere groep uit malcontentement met de belastingtarieven. Op een paar cafés na was geen enkele zaak open, er reden bussen noch taxi's, de beenhouwers lieten nog liever hun kippenlevers beschimmelen dan dat zij die verkochten. Waardoor er natuurlijk ook geen enkele bloemenwinkel open was. Het bloeiseizoen liep ten einde, de vlinderstruiken stonden kaal, de pronkerwten en de zinnia's waren uitgebloemd, geen geitebaard stond nog aan de waterkant, en de laatste asters waren vergaan tijdens de eerste stevige herfststorm van dat jaar. Vandaar dat mijn vader netels was gaan plukken in de berm, ze sierlijk heeft gewikkeld in huishoudfolie, en er een bierviltje aan bevestigde: voor mama. Zo is hij op zijn postfiets gesprongen, met het boeket netels in zijn postzak, hopend dat de zabberende regen hem gedeeltelijk zou ontnuchteren. Heeft hij toen gezongen op zijn fiets? Het Pruimenlied? Singing in the rain: het wonder is geschied, mijn pruim is nat en 't regent niet. Of het chanson van de stadsparkkakker? Het is moeilijk in 't stadspark te schijten, zonder wc-papier, ge moet het aan de parkwachter vragen, maar die is niet van hier..., en zo verder, zoveel strofes lang als nodig was om tot aan het moederhuis te geraken. Hij zal toch iets gezongen hebben? Wij zongen altijd als wij vrolijk waren, wij zongen als we dronken tot we vrolijk werden.

Of Zuster Philomène haar ondermaanse opofferingen nog betreurde toen mijn vader uiteindelijk doorweekt door de gangen zwalpte valt te betwijfelen. Haar platonische relatie met de Heer zal haar kriebelingen niet geblust hebben, maar ze zal dat wel verkozen hebben boven de in onze contreien voorradige mannen die dronken en met een ruiker brandnetels de vrouw kwamen eren die hun uren geleden een kind had geschonken.

'U bent?'

‘Pierre Verhulst! Mijn zoon is hier vanmorgen geboren, kunt u mij zeggen op welke kamer mijn vrouw ligt?’

Ze keek op de klok, een bizarre gewoonte in feite voor iemand die in de eeuwigheid gelooft, en zei: ‘Ik dacht al dat het een vaderloos kind was, de laatste jaren zie ik dat hier helaas meer en meer.’

‘Was de Heilige Geest op tijd toen zijn kleine werd geboren, soms?’

Ze bekeek de brandnetels. ‘Zijn dat bloemen voor uw vrouw?’

‘Het is staking van de middenstand, mogen nonnen geen gazetten lezen misschien? Trouwens, waar moeit gij u mee? In welke kamer ligt mijn vrouw, meer moet ik van u niet weten.’

Kort nadien kreeg ik voor het eerst mijn vaders dranklucht in mijn gezicht tijdens een tafereel dat weliswaar zeer ontroerend zal zijn geweest.

Vijf minuten later, het kunnen er ook tien geweest zijn: Zuster Philomène op de gang, blaffend tegen mijn vader. ‘Waar denkt gij dat gij naar toe gaat met dat kind?’

Ik in zijn armen.

‘Het is mijn kind, ik ga daarmee waar ik wil.’

‘Meneer, het is vanmorgen geboren.’

‘Ik zeg u dat het mijn kind is. Als ge zelf kinderen wilt om baas over te spelen moet ge uw kap over de haag smijten en uw rok uitdoen, de rest zal vanzelf komen.’ En door de deur liep hij, met mij.

Het was opgehouden met regenen, dat detail werd er nadien steeds vergoelijkend bij verteld, en mijn vader heeft mij vooraan op zijn fiets in zijn postzak gelegd, en heeft mij naar al zijn favoriete kroegen gereden om mij er trots te tonen aan al zijn vrienden. Tuurlijk is daar als de beesten gedronken, tuurlijk bracht ik mijn eerste uren schandalig door in de sigarettenrook en het lawaai, tuurlijk kon hij met het uur slechter zijn fiets rechthouden, en tuurlijk is mijn vader mij in de vroege uurtjes weer komen afleveren in het moederhuis, waar mijn ongeruste moeder ongeveer een hartinfarct nabij moet zijn geweest. Tuurlijk zouden er wenkbrauwen worden gefronst bij alle voorgezetenen van een of ander clubhuis opgericht ter bescherming van het kind aan wie deze feiten werden gemeld. Ik vind het verhaal prachtig zonder meer, welgekomener kon een ongeluk niet zijn en er waren vast een boel gewenste en tot op de dag nauwkeurig geplande kinderen die het met een mindere ontvangst hadden gesteld.

Het winkeltje met sigaretten ging open.

Ik wist dat ik straks, als mijn kind geboren was, niet zoveel moeite als mijn vader destijds zou doen. Zingen al helemaal niet. En als ik mij later die dag zou bedrinken, hetgeen ik betwijfelde maar men kan niet alles voorspellen, dan alleszins niet om de komst van dat kind te vieren.

Misschien werd het toch nog dood geboren, en waren al mijn muizenissen voor niets geweest. Misschien zou een bloedproef nog uitwijzen dat het van een ander was. Het beste hopen. Hop. En ik draaide me om en wandelde naar boven waar er wellicht al zenuwachtig werd gewacht op mij.

Voer voor etnologen

Ik had al naar haar gekeken zoals je kijkt naar een geliefde die je nooit meer zal zien, en ik vroeg me af of ze het voelde. Het kon dwaasheid zijn in haar blik waarmee ze mijn blik van antwoord diende, maar net zo goed verdriet. Misschien had haar dementie haar teruggeworpen naar de ruwste vormen van intelligentie, intuïtie, en begreep ze dat ik straks met een gezwollen keel naar huis zou rijden, wist ze dat ik afscheid van haar kwam nemen, dat ik iemand was die haar had liefgehad en die zij had liefgehad. Iemand uit haar schimmige verleden. Maar wie precies?

Het was me opgevallen dat ze er al maanden mee opgehouden was mensen aan te spreken bij hun naam. Niemand hoefde haar dan nog te verbeteren, ze hoefde er niet meer op gewezen te worden dat ze alles was vergeten, dat ze haar kinderen niet meer kon onderscheiden van haar kleinkinderen, haar achterkleinkinderen zelfs. Dat begreep ik. Op mijn manier kampte ik met dezelfde verwarring. Deze vrouw, dat verschrompelde en slecht ruikende hoopje, was mijn grootmoeder. Maar als iemand mijn moeder was geweest, dan zij. Zo zou ik haar ook in mijn hart dragen, en zo zou ik mijn schouders op een dag onder haar kist zetten, naast onze Potrel, die ik meer als een broer dan als een nonkel zag.

De lyrische naam van het bejaardentehuis waar ze werd heengebracht om waardig uit te doven weiger ik uit te spreken. Ik had de namen van alle bejaardentehuizen altijd sarcastisch gevonden. 'Lenteweelde' heette het tehuis waar ik als jongere terechtkwam nadat ik een pleeggezin naar de waanzin had gedreven, er was een lijn te trekken tussen die namen. Vier op drie mat het kamertje waar vast al vele oudjes overleden waren, en waar mijn grootmoeder nu haar intrek had genomen. Het rook er, ik hield het daar niet uit. Dus nam ik haar mee naar de cafetaria van het tehuis. Niet dat ze zich dit makkelijk liet commanderen. Eerst moest ze mij volledig taxeren, oordelen of ik wel te vertrouwen was, tenslotte kon ik eender wie zijn en het plan hebben opgevat om haar te ontvoeren. Of om haar te beroven. Onder haar bed bewaarde ze de sinds de invoering van de euro onbruikbaar geworden Belgische muntstukjes in een sigarenkistje, een schat die ze iedere avond voor het slapengaan bewonderde en waar jammer genoeg geen muziek uit kwam als ze hem opende.

'Kom, Meetje, we gaan samen iets drinken in de cafetaria, ik trakteer.'

En dan sloften we samen door de gang, arm in arm, er leek geen einde te komen aan die gang vol bedden waarvan je vreesde dat er iemand in lag, afkoelend onder een laken, klaar om naar de waskamer te worden gereden, te worden afgesproeid en geparfumeerd voor de laatste afspraak in de morgue. Altijd was daar wel een verpleegster op de gang die mijn grootmoeder paaide. 'Ha, Mariaatje, ge treft het vandaag, zo een schone meneer die u meeneemt om iets te gaan drinken, ge zijt bij de goeie gij...' Maar het raakte haar niet meer, het verkleuterde gefleem waaide haar voorbij. Ze zei niet meer met de trots die de verpleegster had uitgelokt dat ik haar kleinzoon was. Ze schoffelde haar eindeloze weg aan mijn zijde, langs vuilniszakken vol luiers, woordloos.

De cafetaria gaf altijd een inkijk in de kalender, het was een stenen brevier. Nu hingen er gele strikken en beschilderde eieren aan het plafond, een teken dat Pasen naderde, en ik vroeg me af of mijn grootmoeder zich een voorbeeldige bejaarde toonde tijdens de knutselmomenten. 'Heb jij dat gemaakt?' Ik wees naar een pekzwart geschilderd ei. Ze wist het niet. Zoiets wil je niet meer weten. Hoe wreed, te moeten knutselen voor een nakende Pasen die je zelf misschien niet meer halen zal. Ik bestelde haar een kriekenbier en een koffie voor mezelf. Ik rolde me een sigaret in de hoop er commentaar op te krijgen, maar het tafereel raakte haar niet. Vroeger lag ze in een deuk toen ze me sigaretten zag rollen. Gerolde sigaretten, dat was iets voor de vissers, vond ze.

'Hoe is het hier?'

Geen reactie. Ze zette het glas aan haar mond en nam een stevige slok. Enkele maanden eerder zou ze mij gevraagd hebben waar ik woonde, en dan loog ik, omdat ik er inmiddels drie uur over deed om van bij mij thuis tot aan het bejaardentehuis te raken en de naam van mijn dorp haar werkelijk niks gezegd zou hebben, de afgelegen streek waarin dat dorp zich bevond al evenmin. Ze zou me gevraagd hebben hoe het was op school, en ik zou geantwoord hebben goed, het gaat goed op school, ik had prachtige cijfers met Kerstmis. En drie minuten later zou ze mij hetzelfde hebben gevraagd, en weer zou het goed zijn gegaan op school. Ze zou niet gemerkt hebben dat ik een tikkeltje te oud was om nog naar school te gaan, en ik hield er geen rekening mee dat ze ergens meende dat ik leraar geworden was. Af en toe zag ik haar dan naar mij kijken, temidden van haar vragen, indringend kijken, en begreep ik dat ze zich afvroeg of ik haar zoon dan wel haar kleinzoon was. Die rol heb ik nog gespeeld, de rol van mijn vader, en hij lag mij, en het deed mij deugd te merken hoe gelukkig zij werd met het besef dat ze zich had vergist, dat haar zoon niet dood was, hij zat hier namelijk. Hij had zijn snor weggeknipt, vandaar de verwarring. Ondertussen had ze meerdere kinderen aan wie de chrysantenkwekers goed verdienden, wie overbleef had dubbelrollen te spelen. Maar in deze fase vroeg ze me niets meer. Weg vragen. Weg taal. Weg communicatie. Ze keek voor zich uit en dronk verder van haar kriekenbier.

De laatste jaren van haar leven was er iemand ontzettend gesteld geraakt op mijn grootmoeder. Marieken. Marieken was een mongool, de dochter van iemand die in het bejaardentehuis op haar sterfbed de verpleegsters had doen beloven dat ze zouden blijven zorgen voor haar kind, want de mongool had ze meegenomen naar het tehuis om over haar te blijven waken tot de laatste snik. Marieken was zelf ook al stevig in de vijftig jaar, maar alleszins te jong om in een bejaardentehuis te wonen. Grootmoeder moest niets hebben van dat eigenaardige wezen dat geen meter meer van haar week. 'Die zotte!' zei ze. Blijkbaar voelde een dementerende zelf nog een verschil aan met andere vormen van gestoordheid, schatte ze haar eigen vergetelheid hoger in dan sommige koddige hersenkronkels van een mongool. Marieken was de typische mongool, tenminste als jaloezie en oversekst gedrag typisch is voor mongolen. Zij kon het niet verkroppen dat de andere bewoners bezoek kregen, en nam altijd plaats aan de tafeltjes waarrond de gezinnen zich nog snel eens verenigden. Als ik met mijn grootmoeder in de cafetaria zat moest ik er altijd Marieken bij nemen, en op het einde had ik meer aan Marieken als gesprekspartner dan aan mijn grootmoeder. Ze wou seks met mij. Maar dat wist ik al. Marieken wou seks met iedere man die daar 's zondags een oud familielid plichtsbewust een doos pralines of een boeket bloemen gaf.

'Zie je wel dat ze zot is!'

Maar als ik Marieken uitlegde dat ik reeds een lief had scheen ze mijn weigering te begrijpen, nam ze het niet te zeer persoonlijk; ooit moest haar zijn uitgelegd dat man en vrouw kiezen voor elkaar tot in de eeuwen der eeuwen amen en nooit hun boekje te buiten gaan. Soms vergat ik dat die mongool geen familie was, ze was erbij gaan horen, en ik kocht haar telkens een stuk chocola, dat ze in geen tijd als een varken naar binnen schrokte. Ik kende de verbanden die tussen seks en chocolade werden gelegd, ze klopten niet in mijn geval, maar Marieken was op dat vlak de kermisattractie voor elke populaire wetenschapper. Ze propte zonder verpinken een pond pure fondant in haar scheve muil, haar lever was ongetwijfeld een riante pudding waarmee men zich tijdens haar autopsie zou vermaken.

Het was mijn laatste bezoek, dat had ik voor mezelf uitgemaakt. Marieken vroeg of het nog altijd aan was met mijn lief en ik zei dat ze moest zwijgen. Ze trok verongelijkt een pruillip, kruiste haar armen, en stak haar tong uit. Maar ik wou even alleen zijn met mijn grootmoeder, voor het laatst. In een cafetaria vol lekkende mensen, en jengelende kinderen die andere bezoekers hadden meegebracht, ter compensatie, of om er de nadruk op te leggen dat het leven van de oude doorgegeven was, als stokjes in een eeuwige estafette waar niemand de zin van kent maar waar men zich aan vastklampt in de grote helaasheid der dingen. Het was me zelfs niet meer duidelijk of ze mijn gezelschap nog op prijs stelde, ze zou hier met eender wie zwijgend aan een tafeltje kunnen gezeten hebben. Voor zover ik het kon inschatten matte ik haar hoofd meer af dan ik het verlichtte. Wat spookte daar in haar, welke gedachten, en hoe akelig moet het geweest zijn een kriekenbier te krijgen van een vreemde? Goed. Als zij niet tot spreken geneigd was dan sprak ik maar, ook al nam ze niets nog op. Ik vertelde, wie ik was, wat ze voor mij had betekend. Een monoloog. Ik vertelde hoe dankbaar ik was dat zij op een dag stiekem een sociaal assistente, Nele Fockedey, had opgebeld met de vraag of er geen pleeggezin gevonden kon worden voor een jongen die zijn leven met vier dronkaards doorbracht, die op de schoolbanken in slaap viel omdat hij 's ochtends nog met zijn vader van het café was weergekeerd, zijn vader had helpen uitkleden, zijn kots had opgekuist. Ik vertelde haar over mijn vriendin die ik doodgraag zie, en dat het jammer was dat ik eerst een kind had moeten maken met een ander vooraleer ik de vrouw van mijn leven was tegengekomen. Maar ik was haar tegengekomen, ik mocht niet klagen. Ik vertelde over de herten in de bossen van mijn dorp, de wolken die defileerden voorbij het raam waaraan ik boeken schreef. Ik vertelde over Duitsland waar ik enkele dagen eerder was geweest, en over de schlagers die ik op WDR5 had gehoord en luidkeels meegezongen met mijn lieftallige. Dat ik gelukkig was, en vlugger uitgepraat. Dat ik niet dronk. Dat ik niet sloeg.

Maar ik had net zo goed andere dingen kunnen vertellen, de samenvatting van een volleybalwedstrijd zou haar niet minder koud gelaten hebben. Misschien waren het de pillen die hier feestelijk op dienbladen rondgedragen werden om het het verplegend personeel te vergemakkelijken, ik wist het niet. Ze staarde me aan alsof ik op televisie was.

Goedenavond, beste kijkers.

'Goed,' zei ik, 'ik ben er dan eens mee weg', en ik zette me recht. Het was daar dat wij elkaar aankeken en zij moet gevoeld hebben dat het voor het laatst was. Ik dacht aan de dichter Hans Andreus die zijn vrouw van zijn sterfbed joeg met de woorden 'Ga maar, ik moet dit alleen doen.' Dat troostte mij. Ze zou sterven zonder mij. Dat wist ik. Er zou een moment komen en een avond leek mij passend, dat ik gebeld zou worden door een nonkel of een tante. Ze zouden zeggen dat het echt het laatste is, want zo zeggen wij dat, het is nu echt het laatste. Ze bedoelen dat de reutel de ratel van de veerman is. En ze zouden me vragen of ik nog snel kon komen. Maar ik zou door mijn raam staren, zeggen dat tegen de tijd dat ik ter plaatse zou zijn ook mijn grootmoeder al ter plaatse zou zijn, en denken: daarbuiten sterft nu mijn grootmoeder, ik zou van woede woorden moeten schrappen uit het woordenboek. De volgende keer dat ik haar zou zien zou haar huid weer strak zijn, gelooid, watten in haar neus zouden de eerste tekenen van lijksap stelpen, en tussen haar reeds versteende vingers zou een verpleegster een paternoster hebben gefrommeld. Zo zou het zijn. Ik ging. Mocht ze zacht gaan.

Een avond was het inderdaad toen ik werd gebeld, door onze Potrel. Hij klonk niet alsof zijn moeder op sterven lag.

'Hey, kadee, hoe is het? Ik stoor u toch niet? Ge zijt toch niet aan het poepen met het vrouwtje, want anders bel ik straks nog wel eens terug? Neen? Zijt ge het zeker? Het is nochtans een schoon uur om te poepen. Ik bel u toch niet te laat? Neen? Afijn, waarvoor ik bel...'

Afijn, waarvoor onze Potrel belde. Hij was zelf opgebeld, door wie juist wist hij niet, tenminste, de naam had hij niet onthouden, maar die man had iets te maken met volkskunde. Een professor in de volkskunde, zoiets moest het zijn. Of ik toevallig geen professoren volkskunde kende?

Dat deed ik niet, neen. 'Waarvoor bel je mij nu eigenlijk?'

'Awel, ik ga het u direct vertellen, zie... Ze zijn een project dronkemansliederen opgestart. Eindelijk zijn ze gaan inzien dat dronkemansliederen deel uitmaken van het cultureel patrimonium. Zeg ik dat goed: patrimonium? En ze zouden die liedjes nu per streek willen inventariseren. In het dialect. Die mannen zijn research beginnen doen, waarschijnlijk naar waar de grootste dronkaards zaten zeker, en om een lang verhaal kort te houden, zo zijn ze bij de Verhulstjes uitgekomen. Haha. Mijn vraag is nu, kent gij nog van die liedjes?'

'Niet echt.'

'Hoe, niet echt? Uw vader liep een hele dag te zingen. Wat was het daar, dat lied van de regen, help mij...'

'Het wonder is geschied, mijn pruim is nat en 't regent niet!'

'Ja, dat! Ge moet ons helpen jong, om die tekst volledig op te schrijven.'

'Jamaar,' zei ik, 'verder dan de eerste zin ken ik dat niet meer.'

'En dat lied van dat hoerenkot daar.'

'De witte floere minne?'

'Juist, de witte floere minne. Kleine, uw geheugen is schrikwekkend, jongen, beseft gij dat? Ge moet ons helpen.'

'Ik zeg het u, Potrel, ik ken die liedjes niet meer. De laatste keer dat ik ze gehoord heb was op de begrafenis van mijn pa, en zelfs toen was ik al strofes kwijt. Dat is verdomme ik weet niet hoe lang geleden, jong.'

'Dat komt wel terug. Als gij u daar eens op toelegt borrelen de woorden zo weer in u op, dat weet ik zeker. Wat peinst ge, doet ge mee?'

'Hoezo, meedoen?'

'Zingen godverdomme. Die mannen gaan dat op cd zetten, voor in het archief. Zou dat niet prachtig zijn, gij met uw nonkelke Potrel op cd? The Reetveerdegem Brothers, haha.'

Ik vond het pervers. Het was een illusie dat ook maar iemand oprecht in het volk geïnteresseerd was. Alleen al door zich op nepwetenschappelijke basis op het volk te storten verried men dat men boven het volk stond. De vorser komt van buitenaf. Zaten er soms professoren in de volkskunde bij ons aan tafel vroeger? Kwamen ze van onze drek eten met hun blote handen? Lieten ze met ons hun broek zakken aan de biljarttafel van het café als de muziek en de dronkenschap daarom vroegen? Waren ze bereid om een handje toe te steken als we in onze cultureel verantwoorde volkscafés op iemand zijn bakkes moesten slaan, hadden ze het lef om een glazen asbak in iemand zijn smoel te flikkeren? Is er ooit één zo'n geleerde geweest die met ons die liedjes zou hebben meegezongen louter en alleen voor het plezier ervan, en niet met het oog op een expositie of wat dan ook? Het gemakkelijke voer om een zelfverklaarde artistieke bourgeoisie te vermaken, dat was het volk. De authenticiteit waar zij naar streefden. De oermens van de geïndustrialiseerde wereld waar zij van afstamden. Men zou desnoods de wasdraden van de marginalen naar de musea slepen, hun onderbroeken en doorrookte interieurtjes exposeren. Je kon er vergif op inslikken, men hoefde maar een tentoonstelling wasdraden te organiseren en de hele stad liep storm voor zo'n origineel idee. Want snel tevreden was de intellectueel natuurlijk wel, en nog sneller zat hij door zijn voorraad inspiratie. Maar als de tentoonstelling gedaan was dan zou het volk het volk blijven, zoals het hoort. In de jaren tachtig trokken ze met hun bandrecorders naar de brousse, en lieten daar enkele rimboebewoners een lied zingen. Voor de archivering van de wereld. Ze zagen iemand met een lange lip en vroegen hem die lip te laten lillen voor de camera. Ze duwden hun microfoons tegen de adamsappels van de Tibetanen om hun keelklanken beter te kunnen registreren. En nu zaten ze met hun registratieapparatuur in de huizen waar ik was grootgebracht. Dronkemansliederen bijgod. Wat mij betreft mochten die dronkemansliederen gerust deel uitmaken van het cultureel patrimonium, kon mij het schelen. Maar dat het dan een levend patrimonium mocht zijn, waar de liedjes kwamen en gingen, zich verbasterden, opgingen in andere liedjes met andere teksten, ver weg van een definitieve registratie die toch een leugen was. Het was waarachtiger dat de liedjes die mijn vader zong met hem waren verdwenen, beetje per beetje, een strofe per keer. Wat zaten die kunstboeren de sterfelijkheid van het schone, een pleonasme, voortdurend te negeren?

'Dat versta ik niet aan u, Kleine, dat gij dat pervers vindt. Gij tilt te zwaar aan die dingen. Dat is toch geestig, wij samen met een stuk in onze kloten op een cd.'

Ik zou erover nadenken.

'Dat is een gedacht. Raapt u daar een pintje uit de frigo en denkt er ondertussen eens over na, ik bel nog wel.'

Erover nadenken deed ik niet, en ik nam aan dat die hele historie aan mij voorbij zou gaan. Morgen of overmorgen waren ze hun intense interesse in de volkskunde vergeten, en zouden ze in de kroeg weer een oprechtere bijdrage leveren aan het patrimonium. Maar drie dagen later had ik onze Herman aan de lijn. Het gebeurde dat ik twee jaar lang niets van mijn familie hoorde, en zij niets van mij, en nu had ik binnen dezelfde week twee nonkels die me opbelden.

'Kleine, nonkel Herman hier. Je weet ervan, onze Potrel heeft u van de week al gebeld. Awel, we hebben een oplossing gevonden. We gaan met zijn allen naar ons moeder, uw grootmoeder.'

Ik begreep iets niet.

'Uw grootmoeder is zo kierewiet als een achterdeur, jongen. Ze leeft volledig in het verleden. In haar leefwereld moet de stofzuiger nog uitgevonden worden. Verstaat ge waar ik naar toe wil? Als er zich iemand die teksten van onze liedjes nog kan herinneren dan is het uw grootmoeder wel. Zij moet het zich namelijk niet herinneren. Het zit weer vers in haar geheugen. Het is het enige wat er nog in haar geheugen zit, ik zal het zo zeggen. Dus lang zal zij niet moeten zoeken.'

'Je gaat dus met die volksonkundigen naar het bejaardentehuis?'

'Ge verstaat het.'

'Maar ik wil het niet verstaan, nonkel. Ik vind het walgelijk.'

'Wat is daar nu walgelijk aan? We vragen gewoon of ze een paar van onze vuile liedjes wil zingen. Ze zal het waarschijnlijk nog plezant vinden ook. Je kan er toch niets op tegen hebben dat uw oude grootmoeder zich nog eens amuseert. Beseft gij wel hoe zielig dat dat daar voor haar moet zijn in zo'n bejaardentehuis? Nu kan ze haar zinnen eens verzetten. En het is wetenschappelijk verantwoord.'

Ik stond open voor heel wat dingen in het leven, maar dat mijn nonkels zich inlieten met wetenschappelijk verantwoorde toestanden was me toch een brug te ver. Bovendien kon ik mij niet voorstellen dat mijn grootmoeder die liedjes ooit zelf had gezongen. Juist, ze had ze moeten aanhoren, wellicht nog tegen haar zin ook, toen mijn vader nog de plezantste was. Voor een dementerende zou er wel een groot verschil zijn tussen actieve en passieve kennis, nam ik aan.

'Doe het voor uw pa, Kleine, komaan.'

'Mijn pa is dood, hij kan hier niets mee te maken hebben.'

'Zeveraar, aan uw pa hadden wij dit geen twee keer moeten vragen. Hij wist wat dat was, plezier maken.'

'Het heeft niets met plezier maken van doen. En trouwens, dat is emotionele chantage. Ik doe niet mee, en daarmee punt uit.'

'Je laat ons dus in de steek?'

'Als je het zo wilt zien.'

'Ik zie het zo. Jij bent godverdomme de cultuurmens van de familie. Je verdient je boterham aan cultuur. Je kruipt overal het podium op. Hoe het met je gaat moeten we lezen in de gazetten. Maar nu wij, je eigen bloed, eens een beroep op jou willen doen vind je cultuur ineens pervers en walgelijk. Dat moet je mij toch eens uitleggen, kadee.'

'Ik heb al afscheid genomen van mijn grootmoeder,' zei ik, 'ik weet niet of het zo verstandig is om haar terug te zien.'

'Wat zit jij nu afscheid te nemen. Ze leeft nog. Ze kan nog tien jaar leven, je weet dat nooit.'

'Ze is een plant, nonkel! Toen ik afscheid van haar nam kon ik tenminste nog een heel klein beetje afscheid nemen van de mens die ze in de verte was geweest. Maar nu is ze volledig een plant. Een zwakke plant die geen enkele verpotting nog overleeft.'

'Heb jij planten thuis?'

'Ja,' zei ik.

'Geef je ze water?'

'Ja,' zei ik. Al is het mijn vriendin die ze water geeft.

Ze hadden alles al in gereedheid gebracht toen ik, een uur of wat te laat, in het bejaardentehuis arriveerde. De cafetaria hadden ze omgebouwd tot een soort van opnamestudio. In het midden hadden ze mijn grootmoeder in haar rolstoel aan een tafeltje geposteerd, geflankeerd door micro's. De andere oudjes, de pijprokers, de breiers, de dromers, de neuspeuteraars, de kwijlers, de tabaksjiekers, de rochelaars, de schetenlaters, sloegen het hele gedoe al dan niet bij volle bewustzijn gade, en het personeel had weer een uitstekend animatieprogramma voor elkaar voor die middag. De apparatuur maakte geen enkele indruk op mijn grootmoeder. Ze zat daar. Zoals ze gevoelloos radiografische onderzoeken onderging, apathisch de apparatuur van hospitalen in haar liet graven. Zo. Zo zat ze daar. Ze haalde adem en haar hart klopte. Dat was het ongeveer. Dit zou niets worden.

'Ha, kleine, ben je daar. Waar heb je zo lang gezeten, we zitten hier al een uur te schilderen zonder jou.'

'Ik ben een kilo chocolade gaan kopen voor Marieken.'

Marieken was dood. Dat was het makkelijkste voor iedereen, anders had ze hier toch maar jaloers de boel willen saboteren omdat mijn grootmoeder en niet zij alle aandacht kreeg. Als ik wat vaker op bezoek was geweest zou ik tenminste geweten hebben dat ze dood was. Daarmee wist ik het ook. Ik verdeelde de chocola over de oudjes, die als gedrogeerd wachtten tot er hier eindelijk iets gebeuren ging. Iemand die veel wist van knopjes en schuifjes maar weinig van het leven, een producer moest dat zijn, plaatste een koptelefoon op het doodshoofd van mijn grootmoeder. Ze liet het zich allemaal welgevallen, al hadden we een bloempot op haar hoofd gezet. Ieder kind had met deze pop willen spelen, al viel er niet zoveel haar meer aan te kammen. Maar luiers verversen konden ze naar hartelust.

De heren die van het volkse een kundigheid wensten te maken gaven ons elk een vel papier dat ze ons vroegen te ondertekenen. Een formaliteit, er stond op dat we geen aanspraak konden maken op de rechten van deze opnamen. Onze Potrel tekende meteen, hem had nog nooit de inhoud van een document iets kunnen schelen. 'Ik heb in dit land nog nooit rechten gehad, en de rechten die ik wel zou hebben sta ik met plezier af, kan ik er ook geen last van hebben.' Onze Herman volgde hem daarin en zette zijn krabbel koninklijk onder een paragraaf wetteksten. En ik had moeilijk kunnen doen, maar als ik eerlijk was kon het mij niet schelen wat er met deze opnamen gebeurde, al moest ik nadien vaststellen dat ze er een carnavalshit van hadden gemaakt en er kruiwagens geld aan verdienden, ze deden maar.

'Zo. Gaan we eraan beginnen?'

Een verpleegster maande de aanwezige oudjes tot stilte, de opname zou gaan beginnen, en in enkele rolstoelen leek er iemand daadwerkelijk te geloven dat er iets groots te gebeuren stond.

'We gaan een cd opnemen, mevrouwtje. Een cd met uw stem erop. Is dat niet geweldig?'

Mijn grootmoeder kende dat niet, een cd. Ik bedoel, natuurlijk kende ze geen cd, maar ze had er ook nooit een in haar handen gehad. Hoop en al had ze er iemand over horen spreken, zoals ze over internet had horen spreken.

'Het enige wat u moet doen is vuile liedjes zingen. Dronkemansliedjes van vroeger, het doet er niet toe welke.'

Uiteraard bleef mijn grootmoeder zitten in de cocon die de dementie rond haar spon, verroerde ze geen vin, konden we uit niets opmaken of ze nog contact hield met de wereld waarin wij haar hadden gekend. Onze Herman stelde voor dat wij zouden beginnen met de zinnen die we ons nog herinnerden, grootmoeder zou dan, misschien, meegesleept door het hele gebeuren, gewoon beginnen meezingen en dan waren we vertrokken. Omdat hij geen andere keuze had vond de producer dit een prima idee.

'Kleine, begin jij? Pak om te beginnen misschien het Pruimenlied, je vaders lieveling.'

Ik kon dit niet. Ik zou het misschien kunnen als ik eerst een paar glazen achterover had, en daarmee had ik volgens hen meteen de sleutel van het dronkemanslied aangereikt. Die kon je inderdaad niet zingen in nuchtere toestand. Het kon niet, en evenmin zou het mogen. Zuipliederen eisten zuip, zo simpel was het. Dat we daar niet eerder op gekomen waren. Wij hadden geraakt aan de essentie van het dronkemanslied. Ook dat scheen de heren wetenschappers logisch toe, en ze waren zelfs bereid de drankkosten van deze middag te dragen, kijk eens aan. Vier glazen later bedacht ik dat ik het geduld niet kon opbrengen om te wachten tot we allemaal bezopen waren, en ik bracht mijn mond naar de microfoon en zong:

'Het wonder is geschied, mijn pruim is nat en 't regent niet.'

Zo, de kop was eraf.

Nu was het zaak ons de tweede zin te herinneren. De melodie, die kenden we nog, en dus begonnen we het hele lied te neuriën, misschien was dat de manier om in te breken in ons geheugen, en in dat van mijn grootmoeder.

'We zijn nog niet zat genoeg,' concludeerde onze Potrel. 'Nog een pint of dertig, vijfendertig, en we zingen al die liedjes als vanzelf.'

Af en toe keek ik naar mijn grootmoeder, een brutaliteit van de tijd, en ik meende dat het typisch voor ons zou zijn dat zij daar nu dood in haar rolstoel zou zitten, met die koptelefoon op haar bruin gevlekte schedel. In stilte beleefd overleden terwijl wij ons zaten te beslempen en ons druk maakten om een liedjestekst, temidden van haar zatte zonen. Maar ze leefde nog, technisch gesproken.

De uren verstreken, de bejaarden verloren hun aandacht voor het beloofde spektakel en werden in hun karretjes al naar de refter gereden voor hun papjes en in de soep gesopte broodkorsten. Hun siroopjes en hun pilletjes. Ook mijn grootmoeder kreeg al haar dagelijkse pilletje op haar tong gelegd, zoals de hostie haar vroeger op de tong gelegd werd, en die ze even mak en met hetzelfde blinde vertrouwen naar binnen werkte. Een in het zwart uitgedoste familie verscheen aan de receptie, zij zouden zich straks kunnen bekommeren om de herverdeling van have en goed, en wij kauwden ondertussen onze smerigste en schunnigste woorden, probeerden ze tevergeefs hun plaats te geven in een lied. De producer keek op zijn horloge, ook hij werd ouder en kreeg vrees. Ze kraamden op. De microfoons werden opgeborgen, geen van ons had zijn stem geschonken aan de wetenschap.

'Spijtig,' mijmerde onze Potrel, 'ik had dat graag gehad, zo onszelf op een cd.'

'Wij vinden het ook jammer. Toch bedankt dat jullie wouden proberen, dat jullie zoveel moeite hebben gedaan.' De producer. Je zag dat hij het niet meende. Hij had zijn tijd verkwanseld.

'Kijk, we hebben wij dan toch eens voor niks mogen drinken. En zo ongezellig was het nu ook weer niet. We waren er nog eens mee buiten en hebben meteen ons moederke ook nog eens gezien.'

Er werden handen geschud en vacuüm getrokken zinnen gewisseld, en de vrienden van het volk verlieten het bejaardentehuis, op naar hun volgende opdracht, de cameraregistratie van een volksdans misschien. Wij wouden nog een pintje drinken maar kregen er geen meer van de verpleegster. De cafetaria zou sluiten, de bewoners van het tehuis moesten nog allemaal in bad en waren wat verward omdat het dagschema overhoop was gehaald. Over enkele minuten zou mijn grootmoeder in haar karretje naar de refter gereden worden, ook zij was helemaal ontregeld volgens de zuster. Ik zocht iets in haar blik om te mogen bewaren, maar het was duidelijk: wij hadden al afscheid van elkaar genomen. Ik wuifde naar haar als naar een peuter toen ze haar kwamen halen. En ze lachte. Geheel onverwacht lachte ze, en zei, goed verstaanbaar:

'Het begon toen ik uw fluit in mijn orkestbak liet.'

Juist, dat was dus die tweede zin van het Pruimenlied, hoe konden we het vergeten zijn.

'Zou je nu niet ontploffen!' zei onze Herman.

Een nonkel voor dat kind

Ik zie dat hij zich verveelt. Hij scheurt bierviltjes en boetseert figuurtjes met de aluminiumfolie waarin zijn stuk chocola gewikkeld zat. Ik toon hem dat hij ook kaartenhuisjes kan maken met die bierviltjes, in plaats van ze te verscheuren, en ik ben er niet van te overtuigen dat ik daarmee een pedagogisch goede daad heb gesteld. De mensheid heeft te veel opgebouwd, als zijn generatie niet aan de afbraak begint krijgen we een ernstig probleem. Maar na te zijn ontmoedigd door een reeks ineenstortende kaartenhuizen verliest hij zijn aandacht en vooral zijn geduld, en trekt hij aan de hendel van de bingokast die met haar duizend lichtjes en muziekjes een paradijselijke, toverachtige indruk op hem maakt. Nu nog neemt hij er genoegen mee zomaar aan de hendel te trekken, hij gelooft nog dat de machine op zijn handelingen reageert, dat hij heer en heerser is van dat stuk paradijs. Hij legt verbanden tussen zijn ruk aan de hendel en het geflikker van de lichtjes, verbanden die er niet zijn. Maar dat duurt tot er iemand een muntstuk in de machine gooit. Daar leert hij dat iedereen heel even god mag zijn als hij er maar voldoende voor betaalt. Zijn hersentjes hebben het druk met de bewegingen van de cijfertjes die nu heen en weer knallen, oorzaak zijn van melodietjes. Het verbaast me natuurlijk niets dat hij, wanneer hij even plaats heeft moeten ruimen voor iemand die zijn kans wou wagen, naar mij komt toegelopen en vraagt: 'Papa, krijg ik centjes om op die machine te spelen?' Het is een gokmachine, grote mensen vinden er troost in dat men zich kan amuseren terwijl men zich verarmt, en voor kinderen is ze ongeschikt. Maar ik wil niet zeggen dat het een machine voor grote mensen is, ik zoek een argument dat hij begrijpen kan. Ik vond het zelf als kind telkens lullig als men mij zei dat het niet voor mij maar voor de grote mensen was.

'Dat is een machine voor de grote mensen, knul.'

Door zijn rietje blaast hij bellen in zijn colaflesje, tot ook dat hem gaat vervelen.

'Hoe lang is het nog, papa?'

'Hoe lang is wat nog, jongen?'

'Voor mama?'

Nog vijf uur. Hij heeft nog vele uren voor zich, ontelbaar moeten ze zijn, hij kan nog morsen met zijn tijd, dus kent hij de draagwijdte niet van een uur. Seconden, weken, uren, meters, liters, het zegt hem niets, maar hij doet geweldig goed alsof. Er bestaan geen inhoudsmaten voor de fantasie. Hij houdt van zijn moeder. Straks zal ik hem aan haar deur afzetten en zal hij in haar armen vliegen, de armen waarin ik verstikte, zich laten overladen met zoenen en knuffels. Dit weekend vroeg hij het mij. Het was geen vraag, hij zei: 'Jij houdt niet van mama!' en ik zei: 'Neen, ik hou niet van jouw mama.' Dat moet hij onwaarschijnlijk gevonden hebben, dat iemand niet van zijn mama hield, dat zoiets überhaupt mogelijk was. Benieuwd wat dat volgens kenners moet gedaan hebben met zijn psychologie. 'Maar van jou hou ik wel,' voegde ik eraan toe, vooral om hem niet te verontrusten. Hij weet niet dat ik net als hij blij zal zijn wanneer ik hem eindelijk afsta aan zijn moeder. Ik ben zijn vader en zo zou ik me ook moeten voelen, maar ik ga er niet aan kapot dat ik hem slechts tweewekelijks zie. Ik mis hem nooit als hij er niet is, ik zou het geen straf vinden hem een jaar lang niet te zien. Vaders zijn voor alle dagen, nemen geen snipperdagen. Als hij er wel is vind ik dat prettig, meestal, soms, ik sloof me uit om het hem naar zijn zin te maken, bied hem samen met mijn vriendin een manier van leven aan waar hij mee doet wat hij wil. Ik zie dat hij anders is opgevoed dan ik zou wensen, maar ik heb makkelijk praten, ik voed hem niet op. Een soort nonkel van mijn eigen kind ben ik, vol energie als hij op bezoek komt. Energie die hij in twee dagen uit mij trekt, zodanig dat ik tevreden ben als ik hem eindelijk terugbreng in de armen van zijn moeder en als een pudding uitgeblust in de zetel zak. De zorg voor een straathond neem ik liever op mij.

Hou ik van die kleine? Je moet voor elkaar gekozen hebben opdat er sprake zou mogen zijn van 'houden van'. Dus neen. Houden van, ik weet wat dat is. Mijn meisje en ik doen het, als zeldzame dwazen van elkaar. Ik kom ze bijna nooit tegen, de anderen die houden van elkaar, terwijl het helemaal niet moeilijk is. Weet ik nu. Liefde is makkelijk. En dat kind? God, hem gun ik het beste. Er zijn vele wegen die hij in het leven kan nemen en ik wil zijn atlas zijn. Is dat pathetisch? Dat moet dan maar. Het doet mij iets als ik hem lachend rondjes zie tollen op de paardenmolen, dat ontroert mij. En mijn hart scheurt als hij jankend rechtop zit in zijn bed, omdat de spoken telkens te voorschijn komen wanneer een volwassene de slaapkamer heeft verlaten. Als dat graag zien is, mij goed.

Mijn meisje is gaan werken en ik mis haar. Ik geloof dat ook hij meer gehecht is aan mijn vriendin dan aan mij. Gelijk heeft hij.

'Ik vind het plezanter met Nathalie erbij.'

'Ik ook jongen, ik ook.'

Met haar erbij zouden we ons gaan verstoppen zijn in het bos, de keutels van de everzwijnen hebben gevolgd, gaan kijken of de roofvogels hun nesten voor dit jaar reeds hebben gebouwd op de richels van de rotsen, de dammen van de bevers hebben bestudeerd. Maar zonder mijn meisje erbij had ik de fut niet voor zoveel vrolijkheid en ik heb hem in de auto geduwd en ben met hem naar Reetveerdegem gereden, god mag weten wat mij bezielde. Zijn lievelings-cd met debiele kinderliedjes hebben we tweemaal volledig in de wagen afgespeeld vooraleer we aankwamen op het kerkhof en ik hem zei: 'Kadee, hier ligt je grootvader.' Er was nog een andere stem, die niemand hoorde, en zei: 'Pa, dit is nu je kleinzoon, zie!' Hij had al een grootvader, en hij schrok er een beetje van er dus nog een te hebben, eentje die onder een steen ligt. Langzamerhand sijpelt er doodsbesef zijn hersens in, daar zorgen de platte konijnen op het wegdek voor. En hij speelt het al aardig, dood zijn. Zo kan hij enorm goed dood zijn wanneer het etenstijd wordt. Nu heeft hij een geduchte tegenstander voor zijn spelletje en moet hij zijn meerdere erkennen in zijn onbekende grootvader.

Hij lijkt eigenlijk op mijn vader, bedacht ik terwijl ik met die kleine over het kerkhof liep, controlerend of mijn moeder daar ondertussen ook al lag. Voor het zekerste las ik ook maar de namen van de zerken af, ik was er niet gerust in of ik haar nog zou herkennen op foto. Maar ik vond haar niet. Daarna ben ik met hem op café gaan zitten, zodat ik hem kon voorstellen aan mijn nonkels die er zeker zouden hangen aan de toog.

We zitten hier nog steeds, te wachten, en hij verveelt zich.

'Godverdomme, wie er hier zit!'

Daar zijn ze. Herman en Potrel. Het heeft nog lang geduurd.

'Welke föhnstoot heeft er jou naar hier geblazen? Is dat je kleine? Het is onze Pie gescheten, twee druppels water nondedju.'

Hij staart met zijn grote kijkers naar die vreemden, verstaat hun dialect niet.

'Hoe noemt hij?'

Joeri. Lelijker kan een naam niet zijn. Zijn moeder heeft hem gekozen. Joeri, het lijkt wel iets voor een auto. Een Opel Joeri.

'Joeri. Schone naam. Hey Joeri, krijgt uw nonkelke Potrel een pol van u... Allez, geef ons allemaal iets te drinken!'

Ik moet niets hebben, zeg ik, ik ben met de wagen.

'Ge gaat toch met een beter excuus moeten afkomen makker, voor een keer dat we u eens zien.' En de pint wordt voor mijn neus gezet. Het is te zeggen, er staat al een tweede pint nog voor ik goed naar mijn eerste gekeken heb. Als ik straks dat kind aan zijn moeder geef en naar drank ruik mag ik me een advocaat gaan zoeken.

'Rustig aan jongens, ik moet over een paar uur de kleine naar zijn moeder brengen. Ik wil er een beetje deftig blijven uitzien.' Maar dan zijn zij al bezig aan hun vierde.

'Papa, mag ik centjes voor op de machine?'

Hij weet hoe ik erover denk, hij probeert het gewoon nog eens omdat er andere mensen bij zijn, maar vangt bot.

'Krijgt die kleine geen centjes om op de bingokast te spelen? Wat is me dat nu? Hier jongen, van nonkel Herman moogt gij wel op de bingokast spelen!'

Ik haat de triomfantelijke blik in de ogen van dat kind. Een hoerenblik, de blik van iemand die zijn sympathie zal schenken aan de meest biedende.

'Wat doe jij nu,' zeg ik tegen onze Herman, 'als hij niet mag van mij, waarom zou hij dan van jou wel mogen.'

'Doe niet onnozel Kleine, als hij zich nu amuseert op die bingokast. Hebt gij iets verkeerds gegeten of wat?'

'Neen ik heb niets verkeerds gegeten, maar ik wil niet dat mijn kind aan de gokmachines zit en al helemaal niet op zijn leeftijd. Ik denk dat ik mag zeggen te weten dat gokmachines nergens voor deugen, en als ik me niet vergis weten jullie dat nog beter dan ik.'

'Zijt ge naar hier gekomen om te zeiken of hoe zit het?'

'Ik ben naar hier gekomen omdat ik goesting had om jullie te zien.'

'Ge zoudt het anders niet zeggen.'

Ik ben allang geen meer van hen, het bewijs is dat ze ook tegen mij iets gaan praten zijn dat zou moeten doorgaan voor algemeen Nederlands, net zoals ze tegen mijn zoon praten. Terwijl ik weet hoe bekakt ze dat vinden. Ik spreek mijn oude dialect niet meer. Heel af en toe begin ik het spontaan te spreken, als ik woedend ben, of dronken. Weinig dus. Enorm weinig. Ik ben geen meer van hen maar zou het willen, om mijn loyaliteit te tonen, of mijn liefde, hoe men die gevoelens ook noemen moet.

'Zeg eens, hoe is het nog met u?'

Ik ben gelukkig, maar dat klinkt zo slecht. En het lijkt alsof ik me schaam om mijn geluk. Mijn boterham verdienen met iets wat ik ontzettend graag doe, een huis bezitten dat ik voor geen geld meer zou willen verlaten, een vriendin zonder hysteriën hebben die van me houdt en zowaar geen kinderen van me wenst, en die ik nooit hoef uit te schelden, op wie ik nooit hoef te bonken. Ik heb een brandverzekering, een auto, een kettingzaag en een koekenpan. En ik betaal sociale bijdragen met mijn volle overtuiging. Afvalliger kan ik niet zijn, waarover zou ik het dan met mijn nonkels nog kunnen hebben?

'Goed,' zeg ik, 'met mij is alles goed, merci. En hier? Alles kits achter de rits?'

Dat laatste zeg ik maar omdat ik daarmee meen hun taal te spreken, maar het gaat me niet af. Ik geloof dat ook mijn stemgeluid dat is van een buikspreekpop.

'Wat zeg je? Alles kits achter de rits? Zeggen ze dat zo bij jullie? Ook belachelijk, anders.'

'Zeggen ze dat hier niet?'

Achter de rits van onze Potrel was alles kits, daar wel, en daarmee was alles gezegd. Ze zijn oud geworden. Ouder dan ik dacht dat ze zouden worden. Ouder dan ze wouden worden.

'Sigaretje?'

Ik beken dat ik een zoveelste slappe poging onderneem om te stoppen.

'Kanker krijgt ge toch.'

Dat is ook weer waar. Ik paf er vier na elkaar en denk, die kleine gaat stinken naar de sigaretten als ik hem straks aan zijn moeder geef. Ik zal het haar zeggen: kanker krijgt hij toch.

Daar staat hij, te snokken aan de hendel van zijn droommachine. Hij ziet er gelukkig uit. Die machine was het kindergeluk dat ik hem wou ontnemen.

'Wat staat er daar op die bingokast naast de kleine?' Ik kijk naar onze Potrel.

'Hoezo, wat staat er daar.'

'Je weet waar ik het over heb. Dat glas. Wat zit er in dat glas?'

'Dat is een mazout. Ge gaat me toch niet zeggen dat ge geen mazout kent. Ge hebt gij vroeger wel mazout gekend.'

'Je wil zeggen dat mijn zoon mazout aan het drinken is?!'

'Hij vindt het lekker!'

'Potrel, die kleine is vijf jaar.'

'En dan. Gij kreeg op uw vijf jaar toch ook mazout van uw pa.'

'Misschien is dat net mijn punt, Potrel.'

'Maak u niet druk jong, zoveel bier zit er niet in, het is drie vierden cola. En om eerlijk te zijn, als er iets slecht is voor een lijf dan is het wel de cola. Al dat suiker.'

Ik neem dat kind zijn mazout af, wat hem totaal niet zint. Het aardbeiendrankje dat ik hem ervoor in de plaats geef zal hij ostentatief onaangeraakt laten staan. Strontkind. Groenten wil hij niet eten, die moet je met een pistool in zijn keelgat schieten zoals ze dat in foie-graskwekerijen bij de ganzen doen. Maar een glas mazout vormt geen obstakel voor zijn kieskeurigheid.

'Tegenwoordig zitten ze al op hun twaalfde aan de drugs en gij zit hier ik weet niet wat voor spel te maken van een onschuldig glas mazout.'

'Ik wil het niet weten, Potrel, en daarmee basta.'

'Ja hallo jong, wat hebben ze daar in de tijd met u in die pleeggezinnen en instellingen allemaal uitgespookt?'

Dat vraag ik me ook af.

'Ik herken u niet meer.'

Als het hem kan troosten, ik dikwijls ook niet.

Ik moet mezelf eraan herinneren dat dit nu eenmaal de toon is waarop zij praten, met gezelligheid of ongezelligheid heeft dit niets van doen. Poezeligheid heeft er nooit in gezeten. Het is alleen vanaf een afstand dat men zou kunnen denken dat wij elkaar niet op handen dragen.

We hadden al iets in het snotje kunnen hebben: dat kind is al een half uur op dat vervloekte kastje aan het spelen met slechts vijftig eurocent. Normaal is anders. Als onze Herman gaat kijken wat er loos kan zijn is het mysterie opgelost, er ligt namelijk vijftienhonderd euro in de geldschuif van die machine. Telkens wanneer Joeri een ruk aan de hendel gaf klaterden de muntstukken naar beneden, wat hij zeer prettig vond. Gek dat wij niets gehoord hebben.

'Duizend vijfhonderd euro mijn goeie god, dat heb ik in heel mijn leven nog niet uit die machine gekregen. Goed gedaan, Joeri. Geef ons allemaal iets, dit moet gevierd worden.'

Ik moet dat geld niet hebben, en nog minder wil ik dat dat kind met zo'n bedrag naar huis gaat. Dat onze Herman de winst maar houdt, het was zijn investering. Dat hij zich er een pint van koopt.

'Zijt ge zot, dat is ik weet niet hoeveel geld, je kan daar een berg speelgoed voor dat ventje mee kopen.'

'Geen sprake van nonkel, straks gaat hij nog geloven dat je geld kan verdienen aan gokmachines.'

'Er ligt daar vijftienhonderd euro, onnozelaar. Wat is dat dan? Is dat geen geld verdienen misschien?'

'Het is uw geld. Einde discussie.'

'Omdat ge zo aandringt.' En hij geeft de kleine een briefje van vijftig euro, pree van nonkelken Herman.

'Harrar!' zegt onze Potrel.

'Wablieft?'

'Harrar zeg ik u.'

'Harrar waar?'

'Op de radio kieken, het antwoord op de quizvraag.'

Vroeger werden de muntjes nog in de jukebox gegooid, tegenwoordig staat hier gewoon de radio aan.

'Kleine, hebt gij telefoon bij u, ik moet dringend bellen naar de radio.'

Ik geef hem mijn telefoon, iedereen in het café houdt zijn waffel. Onze Potrel loopt zenuwachtig met de telefoon heen en weer, stuit op een muur van bezettonen. De radio wordt luider gezet en hij trekt een ontgoocheld gezicht wanneer er een vluggere beller zijn antwoord mag geven op de radio. Iemand met vier kindjes, tuinbouwkundige van beroep en gelukkig getrouwd, zijn hobby is wandelen. 'Gerolf,' gokt hij, en dat is jammer voor hem, de presentator schakelt door naar een volgende quizkandidaat.

Onze Potrel is nu ineens op de radio, hij is binnen geraakt.

'Goedemiddag, wie heb ik aan de lijn?'

'Karel,' zegt onze Karel. 'Karel Verhulst maar Potrel voor de vrienden.'

'Goedemiddag Karel, wat mogen de luisteraars van u weten?'

'Bwah, euh, ik heb een hele nest kinderen bij verschillende vrouwen die allemaal allang hun biezen hebben gepakt, werken doe ik niet, zuipen is mijn lot en mijn leut, en hobby's zijn voor onnozelaars.'

'Origineel, Karel, origineel, en weet u ook het antwoord op onze vraag voor vandaag? Voor de luisteraar nog even herhalen: *dat Blondi de naam was van de hond van Adolf Hitler is mede dankzij de film genoegzaam bekend. Wij vragen echter naar de naam van de Duitse herder die de Führer selecteerde om Blondi te bevruchten.* Niet makkelijk, ik weet het.'

'Harrar,' blaft hij, want hij heeft zich moeten inhouden om niet meteen het antwoord te geven. En inderdaad, Harrar is het juiste antwoord, onze Potrel mag zich in de videotheek van de sponsor een dvd of video kopen ter waarde van vijfentwintig euro.

'En heeft u al een idee, Karel, welke film u gaat meenemen naar huis?'

'O, iets met veel blote wijven erin. *Pussylick III* of zoiets. En anders een tekenfilm van Bambi.'

'Wel, ik wens u daar veel kijkplezier mee. Bedankt om te bellen en nogmaals hartelijk gefeliciteerd met het juiste antwoord.'

'Amai,' zegt onze Herman, 'was het een heruitzending?'

'Ja, hoe komt het dat gij dat weet?'

Ik moet opstappen, Joeri moet naar zijn mama, hij mag echt niet te laat zijn.

'Weg? Nu al? Je bent hier nog maar net.'

Hoe dan ook, ik moet door.

'Mag ik een eindje meerijden, ge kunt mij dan afzetten aan de videotheek als ge wilt. Dan kan ik mijn prijs afhalen.'

Mij goed. Tuurlijk mag hij een eindje mee.

Mijn wagen is niet het type wagen waar echte mannen mee rijden, maar hij rijdt, en hij is afbetaald.

'Is dat uw auto?'

'Hij is praktisch.'

'Schoon karretje. Ge boert niet slecht heb ik de indruk.'

'Dat gaat, ik heb geen klagen. Waarom zit gij zonder auto?'

'Als ik mij een auto koop is de deurwaarder er na een week mee weg. Daarom dat ik er ook niet aan denk om te gaan werken, ze houden alles af van mijn loon.'

'Ah bon. Vandaar dat ge tijd hebt om u te verdiepen in Duitse herders.'

'Ge zit er precies mee, met die Harrar, dat ik zoiets weet. Maar ge moet u geen zorgen maken, ze hebben mijn burgerrechten afgenomen dus mag ik niet gaan stemmen.'

Ik zou nog moeten zeggen dat hij niet mag roken in de auto, dat de ruimte hier te klein is voor die vuile damp en dat de kleine niet in de rook van een ander hoeft te zitten, maar ik hou me in, het is toch al te laat. Ik kan maar beter van de gelegenheid profiteren en er zelf ook nog een opsteken. Ik steek een cd in.

'Wat legt gij nu op? Dat is voor oude mensen, jong.'

'Roy Orbison.'

'Dat weet ik ook dat dat Roy Orbison is, maar kom mij niet vertellen dat gij daar nog naar luistert.'

'Roy is uniek. Al zijn nummers zijn af, hij hoeft zijn refreinen geen drie keer na elkaar te spelen om een volwaardig nummer te hebben.'

'Onnozelaar.' En hij scharrelt in het handschoenenkastje, op zoek naar iets wat hem wel kan bekoren en dat hij niet vindt. Treft hij ineens op een cd-hoes de foto aan van een schoonheid in haar bed, dan kan dat wel ineens zijn aandacht genieten.

'Wat is dat?' Hij toont me de cd.

'Anthony and the Johnsons,' zeg ik.

'Schoon wijf!'

'Dat is geen wijf, Potrel.'

'Nee, zeker, wat zal het dan zijn. Ge moet dat hier zien kijken naar mij vanaf haar cd-hoesje. Gelijk ze mij roept: "Toe Potrel, pak mij." Dat kind zit al heel haar leven op mij te wachten.'

'Dat zou kunnen. Maar het is een man, in vrouwenkleren.'

'Een janet?'

'Leg maar op, het is de moeite.'

'Dat ziet ge van hier, dat ik hier eventjes naar van die vuile homofielenmuziek ga zitten luisteren. Ik schijt nog liever in mijn broek. We doen het wel zonder muziek.'

Als we eindelijk aan de videotheek zijn aangekomen vraagt hij me nog even te wachten tot hij de winkel verlaten heeft, hij zal zo terug zijn.

Het is anders gelopen dan ik verwacht had, bedenk ik met mijn vingers tokkelend op het stuur. Ik had zonder dat kind naar hier moeten komen, zodat ik me had kunnen bedrinken met mijn nonkels, zodanig veel tot we weer jankend elkaar onze liefde verklaarden en zongen. Ik ben het die mij als een vreemde heeft gedragen, als de vreemde die ik misschien ook geworden ben, en het was pedant geweest hen niet over mijn geluk te willen vertellen omdat zij daar misschien geen boodschap aan gehad zouden hebben, terwijl ze blij zouden zijn te horen dat ik het goed heb.

Hij heeft de videotheek verlaten en doet me teken het raampje naar beneden te draaien.

'Hier,' zegt hij, 'dat is voor de kleine.'

Het is de tekenfilm van Bambi.

'Zet ik je thuis af?'

'Ik geraak er wel, merci. Hou je goed, en leut met de preut.'

'Leut met de preut. Salut, Potrel.'

Mijn zoon wuift hem nog heel lang na. We zullen nog een goed uurtje samen in de auto zitten, en eigenlijk weet ik niet wat ik hem te vertellen heb. Hij zou het me makkelijk kunnen maken door in slaap te vallen, maar dat is zijn stijl niet. Ik vraag of hij zich goed gehad heeft dit weekend en hij knikt, zie ik in mijn achteruitkijkspiegel, hij knikt omdat hij denkt dat dit van hem verwacht wordt, voor zijn gemak.

'Is het nog ver?'

'Straks zijn we bij mama, jongen. Nog een uurtje.'

'Zullen we dan een liedje zingen?' vraagt hij.

'Heb je een nieuw liedje geleerd van de juf?'

'Neen, daarnet van nonkel Potrel.'

'Ik wil die liedjes niet horen, Joeri. Ik ken nonkel Potrel zijn liedjes en ze deugen niet. Verzin maar iets anders.'

'Maar het is een lied over de vogeltjes!'

'Dat kan heel goed zijn, jongen, maar mijn hoofd staat er niet naar. Trouwens, zingen in de auto is veel te gevaarlijk, ik moet mij concentreren op het verkeer.'

Nog een uur, denk ik. Een klein uurtje maar.

'Papa?'

'Ja jongen?'

'Ik moet zeiken.'

'Wat zeg je?'

'Ik moet zeiken.'

'Je bedoelt dat je moet plassen. Pipi doen.'

'Ja, papa.'

'Ik wil dat woord zeiken niet meer horen, heb je dat verstaan? Het is een vuil woord. Een vuil woord voor vuile mensen.'

In het benzinestation krioelt het van de vaders en de moeders die met hun grut naar het toilet hollen. De wc-deuren staan open, je ziet de kleintjes zich weren met hun broekjes afgezakt, terwijl een ouder goedkeurend toekijkt of ingrijpt wanneer de boel dreigt mis te lopen. Deel van het tafereel, het zint me niet. Vroeger kreeg ik tenminste nog vlagen van een vakantiegevoel in het benzinestation. Nog een uurtje, denk ik, terwijl mijn kleine geheel zelfstandig en tot groot jolijt van de omstaanders vrolijk zingend over vogels in een klein pissijntje zeikt.